AF221596

Wolf Schillinger
UNGLAUBLICH

mit
Illustrationen von
Nik von Zitzewitz

Nik von Zitzewitz

geboren 1972 in Duisburg,
Kommunikationsdesignstudium
an der Kunstschule Alsterdamm
in Hamburg, Tätigkeit dann
in diversen Werbeagenturen
als Art Director, Illustrator, Texter,
als freier Illustrator
Arbeiten u.a. für Tim Mälzer,
Jung von Matt und Serviceplan,

gestaltete
Bucheinband und Illustrationen

Wolf Schillinger

UNGLAUBLICH

Geschichten

mit Illustrationen

von

Nik von Zitzewitz

Bibliografische Information der Deutschen
Nationalbibliothek:
Die Deutsche Nationalbibliothek verzeichnet diese
Publikation in der Deutschen Nationalbibliografie;
detaillierte bibliografische Daten sind im Internet
über dnb.dnb.de abrufbar.

Herstellung und Verlag:
BoD - Books on Demand,
Norderstedt

ISBN 978 3 75343 587 9

Inhalt

Der Nöck

Es gibt sie immer noch; stille tiefe Täler, abseits der viel genutzten Verkehrswege, feucht und grün eingebettet in dicht bewaldete Berghänge. Nur wenige Stunden dringt die Sonne bis zur Talsole vor. Die Pflanzen hier unten recken sich, um ein paar ihrer Strahlen einzufangen. Ein Bach hat sich hier seinen Weg in Tausenden von Jahren gegraben. Kommst Du ihm nahe genug, kannst Du hören, wie er zufrieden murmelt, manchmal kichert, sogar laut lacht, wenn`s plötzlich abwärts geht, wenn er Sprünge machen kann. Du und ich, wir können ihn leider nicht verstehen, werden nie erfahren, wem er seine Gedanken mitteilt, vielleicht wen neckt oder tadelt. Viel zu kurz ist die Zeit, die unsereins an seinem Ufern verbringt. Einen Sommertag lang im kühlen Tal mit der Angel den Forellen nach stellen, das reicht nicht. Aber wer wird schon mehr Zeit vertun in einem feuchten dunklen Tal. Wir ziehen einen weiten Blick, luftige, offen Orte vor. Die sonnen-beschienene Terrasse eines Cafés, ein Biergarten unter blauem Himmel und selbst ein Fensterplatz mit Aussicht an einem Regentag sind viel mehr nach unserem Geschmack. Doch hier unten im Tal haben einst Menschen gelebt am und mit dem Bach, haben hier ihr Brot verdient. Für´s Brot haben sie Korn zu Mehl gemahlen. An vielen Stellen in der Nähe des Bachs findest Du Spuren, Mauerreste hier, einen Erdwall dort. Einst reihten sich dicht an dicht im Tal die Mühlteiche wie die Perlen einer Kette. Nicht müßig wie heute konnte das Wasser fließen. Arbeiten musste es, musste Wasserräder drehen, eins nach dem anderen.

Einmal ging es darüber, einmal ging es darunter her, oberschlächtig oder unterschlächtig wurden die schweren, mehrmannshohen Schaufelräder aus Holz vom Wasser bewegt. Das Klappern des Rades und das Platschen des Wassers wurde begleitet vom Knirschen der Achse. Man konnte hören, wie das Holz unter der Last stöhnte, denn aus Holz waren fast alle Teile dieser Maschinerie. Eine einzigartige Melodie erfüllte das Tal. Neben dem Korn wurde auch anderes gemahlen; Erzgestein für die Metallgewinnung, Holzkohle und Salpeter für Schießpulver. Häufig anzutreffende Ortsbezeichnungen wie Kupfer- oder Pulvermühle weisen auf ehemalige Betriebe dieser Art hin.

Liegt unser Tal im Bergischen, ist es von einem der Bäche durchzogen, die der Wupper ihr Wasser zuführen, dann wurde das Lied des Rades in jener Zeit oft übertönt vom schnellen Tock-tock-tock-tock der Schwanzhämmer oder dem durchdringenden Pfi-uu-bomm der Fallhämmer. Denn in diesen Tälern wurde die Kraft des Wassers für die Stahlverarbeitung in Schmiede- und Schleifkotten genutzt. Wasser gibt es reichlich im Bergischen Land, denn die Wolken von Westen kommend lassen hier ihre Last. Für die Menschen im Tal war es allgegenwärtig.

So stand der Knieschleifer vor dem zwei Meter hohen Schleifstein, gestützt auf eine Stehhilfe ähnlich einem hohen Melkschemel. Mit einer Lederschürze, der Barbel, schützte er sich notdürftig vor dem Wasser. Das Wasser kam von oben herab und bespülte den sich drehenden Stein und das Schleifgut. Gegen den Schleifstein drückte der Mann mit den Knien ein Brett. Auf dem führte er das Schleifgut, ein Messer, ein

Schwert oder ein ähnliches Werkstück am rotierenden Stein entlang. So bekam es seine Form und das Schwert den rechten Schliff. Tagein, tagaus, sommers und auch im Winter stand er am Schleifstein - gesund alt wurde er nicht. Aber er konnte leben, sich und die Seinen ernähren und dankte es dem Bach. Wenn im Sommer das Wasser knapp war, mussten sie sich absprechen, alle, die angewiesen waren darauf, dass es reichte, die Räder zu treiben. Dann gab es Arbeit oft nur für wenige Stunden. Abgesprochen wurde, wann und in welcher Folge das Wasser der Mühlenteiche fließen sollte, und dann wurden nach Plan die Schotten nach einander geöffnet. Für begrenzte Zeit reichte die Flut dann, das Rad zu bewegen.

So abhängig vom Bach suchten die Anwohner, ihn und seine Sprache zu verstehen, fanden sie Zeichen, Warnungen, ja Drohungen zu manchen Zeiten. Denn es konnte ums Leben gehen. So im tiefen Winter, wenn Vereisungen Schott oder Rad blockierten. Das Eis musste abgeschlagen werden. Das kostete Kraft und musste doch mit großer Vorsicht geschehen, denn das Gerät unter dem Eispanzer durfte nicht beschädigt werden.

Am Hölteshammer musste Hannes, der Lehrjunge, hinunter in den Radschacht. Das Eis des Schachtwassers hatte sich mit der Eiskaskade des aus dem Schott aussickernden Wassers und den von Rad und Kottenwand herabhängenden Eiszapfen zu einer starren glasklaren Masse vereinigt, die nicht die geringste Bewegung mehr zuließ. Mit Brechstange und Hammer bemühte sich Hannes das Wasserrad frei zu bekommen. Er entfernte das Eis an der Nabe Stück für Stück.

Auch vom Rad musste es runter da, wo es blockiert war. Zuletzt machte er sich an das blockierte Schott.

Vom Schacht aus ging er es an, weil er glaubte, einen günstigen Ansatz gefunden zu haben. Mit dem Eisen brach er das Eis, aber es brach auch das hölzerne Schott. Die eisigen Wassermassen rissen Hannes hinab in den Schacht und setzten das frei gelegte Rad in Bewegung. Hannes wurde in die Tiefe gedrückt. Zerquetscht und geschunden gab der Bach ihn frei. Eine Rettung gab es da nicht mehr für ihn.

Unfälle waren nicht selten, tödliche wie dieser zum Glück schon. Manch einer trug unübersehbare Spuren. Bei diesem fehlten Finger, bei jenem ein paar Zehen und ein anderer hatte nur ein Bein. Das aber hinderte die Männer nicht daran, im Rahmen ihrer Möglichkeiten ihre tägliche Arbeit zu verrichten. Wie sonst auch hätten sie sich und ihre Familien durchbringen sollen.

Der alte Wellm war sogar am Morgen der erste und der letzte abends, zündete die Feuer an, kochte Kaffee - Muckefuck natürlich - und sorgte für Ordnung und Sauberkeit. Die Belegschaft hatte darauf bestanden, dass er diese Arbeit bekam, nachdem er seinen rechten Arm verloren hatte. Die Jacke hatte sich in der Daumenwelle des Schwanzhammers verfangen und ihn hinein gerissen. Dass er überlebte, nannten sie Glück, er nicht. Das war lange her. Dank der Solidarität konnte er leben. Nun war er lange schon die Seele des Betriebs.

Wilhelm, so war er getauft, kannte den Bach wie niemand sonst. Wenn es drinnen nichts zu tun gab, war er am Teich und am Bachlauf. Er beseitigte Verunreinigungen, kontrollierte das Schott und den Radschacht. Nicht selten stand oder saß er reglos am Rand des Gewässers.

Er hörte ihm zu, dem Bach, und er redete mit ihm. Er wurde gehänselt dieser Marotte wegen, doch an einem gewissen Respekt ließen sie es nie fehlen. Oft genug hatte er vor unvorhersehbaren Ereignissen gewarnt und damit Schäden verhindert. Vor einer plötzlichen Hochwasserwelle hatten sie die Anlage sichern können und ihm war zu verdanken, dass vor ein paar Jahren bei dem Blitzeinschlag niemand zu Schaden gekommen war. Seit er dann aber die kleine Anna gerettet hatte, wurde er nicht einmal mehr belächelt, eher war da Scheu und auch Misstrauen, vielleicht sogar Angst in den Blicken.

Das fünfjährige Töchterchen des Kottenbesitzers war beim Spielen unbemerkt in den Teich gefallen. Das Kind wurde von einem Laufburschen entdeckt. Leblos trieb der kleine Körper im Wasser, bäuchlings mit ausgebreiteten Ärmchen. Auf das Geschrei des Jungen hin lief die gesamte Belegschaft zum Unfallort.

Der Vater und Jupp, ein kräftiger junger Mann, sprangen ins Wasser und bahnten sich teils schwimmend, teils im schlammigen Grund des Teichs watend einen Weg zu dem Mädchen. Jupp hob das Kind hoch über den Wasserspiegel. In den Armen des Vaters gelangte es ans Ufer.

Erst der Vater, dann Jupp und schließlich auch die herbei geeilte Mutter versuchten vergeblich das Kind ins Leben zurück zu holen.

Wellm hatte sich am Rand des Teiches nieder gekniet, sein Gesicht mit Wasser benetzt. Unverständliche Worte hatte er dabei gemurmelt.

Er hatte die laut weinende Mutter weg gedrängt und war, das Kind an sich drückend, zurück zum Teich und zum Entsetzen aller ins Wasser gegangen. Der herbei gestürzte Vater wollte ihm das leblose Mädchen entreißen, doch Wellms Blick und abwehrende Geste ließen ihn erstarren. Ein Aufschrei der Mutter und allgemeiner Schrecken begleitete Wellms Handlung. An seinem ausgestreckten Arm hielt er den leblosen kleinen Körper wie man kleine Katzen hält, tauchte ihn mehrfach kurz ins Wasser, watete dann zurück und legte das Kind auf der Böschung ab. Er selbst tauchte ganz unter. Das Wasser war vom aufgewühlten Schlamm trübe.

Vom Wellm ist nichts mehr zu sehen. Aber aller Aufmerksamkeit gilt nun so wie so wieder dem Kind. Es hustet. Ein Freudenschrei, die Mutter reisst es an sich, befreit es von der nassen Kleidung und sucht es mit ihrem Körper zu wärmen. Weiteres Husten noch, doch bald ist ein Wimmern zu hören.

Erst als sie sich vom Staunen halbwegs erholt hatten, wandten sich die Anwesenden wieder dem Wundertäter zu, der schlammbedeckt und sichtlich erschöpft aufs Trockene zu gelangen suchte. Mehrere Arme zogen ihn aus dem Wasser und von allen Seiten fielen Fragen über ihn her. Wellm schwieg. Lange Zeit später, es mochte dem Einfluss einiger Gläschen Kümmelschnaps zu verdanken sein, gestand er, den Nöck, den Wassergeist des Baches, um Hilfe gebeten zu haben.

Djin

In den verschiedenen Teilen der Welt scheint es sie zu geben, die Zwischen-, Neben- und Unterwelten. Diese Anderswelten sind wohl ganz unterschiedlich stark bevölkert, ihre Bewohner treten hinsichtlich Aussehen und Verhalten sehr vielfältig in Erscheinung, sofern sie erscheinen. Das mag in Abhängigkeit stehen zur Mentalität, zur religiösen Bindung der lokalen Bevölkerung, sicherlich aber hängt es auch ab von der Empfindsamkeit derer, denen eine Erscheinung dieser Art zuteil wird.

Im vorderasiatischen Raum wird häufig von Begegnungen mit Wesen in Menschengestalt berichtet, die sich dann aber in ihrem Verhalten und hinsichtlich ihrer Fähigkeiten als nicht menschlich erweisen. Diese Djinn (*dschin*) oder Djenn sind Geistwesen und waren schon im vorislamischen Arabien bekannt. Aber sie werden auch im Koran erwähnt. Im heiligen Buch des Islam ist ihnen sogar eine Sure gewidmet. Meist meiden sie den Kontakt zu Menschen, doch gibt es eine große Zahl an Zeugnissen, die davon berichten, dass es zu Begegnungen kam, bei denen sich diese Wesen mal freundlich und hilfreich, mal feindlich und zerstörerisch zeigten. Magische Kräfte werden diesen Geschöpfen zugeschrieben und es gilt der Rat, stets mit Vorsicht zu versuchen, sie in ihrem Lebenskreis nicht zu stören. So sollst Du stets eine Warnung aussprechen, wenn Du heißes Wasser vergießest, damit nicht zufällig ein Djenn oder ein unvorsichtiges Kind dieser Wesen zu Schaden kommt. Denn deren Rache wäre unabwendbar. Metallische Amulette und Ketten sollen einem Zusammentreffen mit ihnen vorbeugen. Metall und

Silber im Besonderen sei diesen Wesen zuwider, könne ihnen sogar schaden, sagt man.

Auf einer Reise durch Persien traf ich auf Menschen, die von Djenn und von Begebenheiten mit ihnen zu berichten wussten.

Mahmud, ein Ingenieur, der während seines Studiums einige Jahre in Mannheim lebte, hatte mich eingeladen und so verbrachte ich einige Tage mit ihm in seinem Ferienhaus in einem Bergdorf im Elburs-Gebirge. An einem Nachmittag bei Tee und Süßigkeiten schaffte der Schatten des mächtigen Damawand eine recht authentische Kulisse für ein Gespräch über mystische Themen, das sich ganz zufällig ergab. Wir saßen auf der Terrasse. Mein Gastgeber wollte eine neue Kanne Tee aufbrühen und schüttete darum den noch warmen Rest in den Garten. Zuvor jedoch sprach er einige Worte, die wie eine Beschwörung klangen. Darauf angesprochen, bestätigte er meine Vermutung. Es waren Worte, die zufällig anwesende Djenn vor dem heißen Wasser warnen sollten. Ich nahm die Gelegenheit wahr und ließ mir mehr über diese verborgene Lebensform erzählen. Auch Djenn haben ein Leben, sie werden geboren und sterben wie wir, wusste mein Gastgeber zu berichten. Sie leben wohl aber deutlich länger als Menschen. Nach muslimischem Quellen waren sie schon vor der Erschaffung Adams auf der Welt. Bocksbeinig sollen sie sein und nur dadurch von Menschen zu unterscheiden, wenn sie in Erscheinung treten. Der Großvater meines Gastgebers hatte glaubhaft von einem dramatischen Zusammentreffen zwischen Menschen und einer Gruppe dieser Wesen berichtet.

Ein Freund eines Freundes dieses ehrenwerten Mannes wohnte in einem der ältesten Stadtteile Teherans im Süden der Stadt. Obwohl in bescheidenem Maße wohlhabend lebte er allein.

Von kleiner Statur und dazu durch einen Buckel verunstaltet war er von Kindheit an immer ein Außenseiter gewesen. Sein Selbstbewusstsein reichte nicht, einer Frau ohne Scheu zu begegnen. Er betrieb eines der früher überall in der Stadt vorhandenen Badehäuser, eine dieser nützlichen Einrichtungen, die es allen Menschen ermöglichte, den äußerst gründlichen Reinlichkeitsvorschriften des Islams auch dann zu genügen, wenn ihnen eigene sanitäre Einrichtungen nicht zur Verfügung standen. Badehäuser waren bei Menschen aller Schichten beliebt. Allein oder auch in einer größeren Gruppe konnte man dort Körperpflege betreiben oder vom Personal des Hauses betreiben lassen, natürlich bei strenger Trennung von Männlein und Weiblein. Neben Dienstleistungen zur Körperpflege wie Massage, Maniküre, Pediküre wurden Obst und Getränke, aber auch kleinere Gerichte bereit gestellt und manch einer, manch eine verbrachte dort viele Stunden genussvoll schlemmend oder plaudernd und planschend in freundschaftlichem Kreise.

Der Bucklige war der Besitzer. Auch seine Wohnung befand sich in dem alten ererbten Gebäude. Einmal wurde er nachts durch ungewöhnliche Laute geweckt. Es klang so, als ob in der Nähe ein größeres Fest stattfände. Mit einer Petroleumlampe versehen folgte er den Geräuschen und entdeckte in einem kleinen Raum hinter der Badestube einen Durchgang, den er bisher noch nie bemerkt hatte. Über einen Treppengang gelangte er in einen unterirdischen Saal. Hier herrschte fröhliches Treiben. Fröhliche Musik beherrschte den Raum. Es wurden verschiedene Saiteninstrumente gezupft und gestrichen, der schwermütige Ton einer Ney war zu hören und eine anmutige Schar von Frauen und Männern gab sich fröhlich tanzend dem Rhythmus der Zarp hin.

Die Klänge und alles um ihn herum waren so mitreißend, dass unser Mann sich völlig frei und so unbeschwert wie nie zuvor fühlte. Er wagte es, sich der fröhlichen Menge anzuschließen und er wurde wie ein alter Bekannter aufgenommen. Noch nie im Leben hatte er sich so leicht, so wohl gefühlt, er tanzte, er sang sogar mit, ohne die Bedeutung der fremden Worte zu kennen.

Als er sich in einer Tanzpause erschöpft aber glücklich auf den Treppenstufen ausruhte, bot man ihm süßes Gebäck und köstliches Sharbat an, man trank ihm zu und sprach lächelnd auf ihn ein. Er genoss es, ohne dass er eines der Worte verstand. Zum Schluss wurde er mit freundlichem Schulterklopfen verabschiedet. Am Morgen konnte er sich nicht erinnern, wie er ins Bett gefunden hatte. Doch noch nie, so schien es ihm, hatte er sich so ausgeruht, so erfrischt und gestärkt gefühlt. Glücklich lächelnd bedachte er die Ereignisse der vergangenen Nacht als lebhafte Bilder eines schönen Traums.

Die verwunderten Blicke seiner Nachbarn, die ihm begegneten auf seinem Weg zum Café, in dem er wie jeden Tag sein Frühstück einzunehmen gedachte, waren ihm nicht aufgefallen. Um so mehr erstaunten ihn Gesicht und Gestik seines Freundes. Der bucklige Goldschmied, mit dem er sich jeden Tag um diese Zeit hier traf, sprang bei seinem Erscheinen auf und stand dann mit offenem Mund da, ein Bild vollkommener Überraschung. Er ging auf ihn zu, umarmte und begrüßte ihn mit den üblichen Wangenküssen. Verwundert stellte er dabei fest, dass sein Freund dem Anschein nach von einem zum anderen Tag deutlich kleiner geworden war. Er setzte sich und weil der andere immer noch wortlos stand, entfuhr ihm, "Was ist los?" Der Freund schüttelte sich und nur die zwei Worte "Dein Buckel ?!" entfuhren ihm.

Erst jetzt tastete er seinen Nacken ab, stand schließlich auf und ging zum Fenster. Beim Anblick seines Spiegelbildes, das sich gegen das Dunkel des Innenraums zeigte, vergaß nun er, den Mund zu schließen. Straff und gerade war sein Rücken ohne die Spur einer Verkrümmung. Aufrecht und stolz erhoben trug er den Kopf auf den Schultern. Tränen des Glücks ließen alles um ihn her verschwimmen. Nach einer Weile erst fühlte er sich fähig zu sprechen und er berichtete dem Freund von den Ereignissen der Nacht.

Anders als dem nun überglücklichen Besitzer des Badehauses war es dem Goldschmied trotz seiner Verunstaltung gelungen, sich bei Frauen - oder doch immerhin bei einer - Gehör und Gunst zu verschaffen. Doch obwohl er in einer ihn in jeder Hinsicht zufrieden stellenden ehelichen Gemeinschaft lebte, erfüllte ihn das Glück seines Freundes mit Neid. Auch er wollte sich so kerzengerade wie dieser präsentieren können. Darum bedrängte er ihn. Der Freund sollte es ihm möglich machen, mit der unterirdischen Gesellschaft bekannt werden.

Nacht für Nacht verbrachte er nun im Badehaus. Er nahm in Kauf, dass seine Frau ihm nicht nur die häusliche Versorgung, sondern auch jeglichen Liebesdienst verweigerte und rollte allabendlich seine Bettrolle in der feuchten Badestube aus. Es dauerte Wochen, dann endlich hörte er zu vorgerückter Stunde gedämpfte Musik, die aus der Tiefe zu kommen schien. Schon bald nachdem er seine Lampe angezündet hatte, fand er den Zugang in die Tiefe. Der Saal war ganz so, wie sein Freund ihn beschrieben hatte. Auch diesmal gab es Musik. Auch diesmal waren viele elegant gekleidete Personen anwesend. Er konnte Bocksfüße erkennen, wo sie von der Kleidung nicht verdeckt wurden. Es war eine festliche

Atmosphäre. Die Anwesenden saßen oder standen in Gruppen zusammen. Noch tanzte niemand. Um das zu ändern und um Stimmung in den Laden zu bringen, klatschte der Goldschmied in die Hände, schrie "Musik, Musik!", sprang mit lautem "Heh, heh, heh" in die Mitte des Saales und drehte sich dort tanzend wie ein lustiger Brummkreisel. Doch keiner der Anwesenden kam seiner Aufforderung nach, niemand ließ sich von ihm animieren. Statt dessen trat ein sehr alter Herr auf ihn zu, legte ihm seine Hand auf die Schulter und schob ihn mit einer Kraft, die man ihm nach Gestalt und Aussehen nie zugetraut hätte, dem Ausgang zu.

Der Goldschmied war glücklich, glaubte er doch, schon binnen kurzer Zeit sein Ziel erreicht zu haben. Er hatte die Hand auf seiner Schulter gespürt und stand wohlbehalten wieder in der Badestube. Eilig trat er vor den Spiegel im vorderen Bereich des Badehauses. Sein Entsetzen war groß; wo zuvor nur eine Krümmung seines Rückens die Verformung seiner Wirbelsäule verdeutlicht hatte, befand sich nun ein Buckel mit den Ausmaßen eines gewaltigen Rucksacks, dessen Gewicht er bei diesem Anblick so stark zu spüren glaubte, dass ihm seine Beine ihren Dienst versagten. Nun erst, vor dem Spiegel liegend, wusste er die Stimmung im Saal richtig zu deuten. Offensichtlich hatte er mit seinem Verhalten das Gedenken einer Gemeinschaft von Trauernden an einen Gestorbenen gestört.

DIE ZWEITE FRAU

Die zweite Frau

Mahmud, der schon erwähnte Ingenieur mit den ausgezeichneten Deutschkenntnissen, hat mich dann für meine Recherche über Djenn in Teheran mit einem alten Herrn bekannt gemacht, der auch über persönliche Begegnung mit einem solchen Wesen aus der anderen Welt berichten konnte. Inzwischen hatte ich schon aus verschiedenen Quellen eine Reihe von teilweise widersprüchlichen Aussagen und Ansichten über diese Erscheinungen zusammen getragen. Djinn oder Djenn wurden zum einen als körperlose Geistwesen bezeichnet, sollten aus "rauchlosem Feuer" bestehen, zum anderen aber durchaus auch körperlich mit Menschen in Kontakt treten können. Und immer wieder tauchten in der Beschreibung die Bocksbeine auf. Das Geräusch, das die hörnernen Hufe auf steinernen oder hölzernen Fußböden erzeugt, war von vielen vernommen worden. Sie hatten sich von unsichtbaren Djenn verfolgt gefühlt. Meist waren es Frauen, die, wenn sie sich nackt auf dem Weg ins Bad oder im Bad selbst befanden, deutlich die Nähe eines anderen Wesens gespürt hatten, mehrfach meist und dann immer an bestimmten Orten. Sie hatten dann in fast allen Fällen auch eben dieses Geräusch vernommen. Am häufigsten wurde von solchen Vorfällen in alten Gemäuern, oft in solchen alten Badehäusern, berichtet.

Herr Hossein S. war mein neuer Kontaktmann. Er bat mich, seinen Nachnamen nicht zu nennen, da es sich bei dem, was er zu erzählen hatte, letztlich um eine delikate Familiengeschichte handele. Seine Familie ist in Teheran alteingesessen, angesehen und recht groß. Bei vielen mit gleichem Namen handelt es sich wie in Hosseins Fall um gut situierte angesehene Geschäftsleute.

Seit vielen Generationen war Hosseins Geschäft in Familienbesitz und hatte seinen Platz im Basar seit Menschengedenken. Auf dem Weg dorthin wurde ich zu meinem Glück von Mahmud begleitet. Ohne ihn hätte ich mich mit Sicherheit in diesem Gewirr von Wegen, Lagerplätzen und Ladenketten, die immer wieder anders und doch einander so ähnlich sind, hoffnungslos verlaufen. Vielleicht hätte ich sogar Prügel bezogen. So als ich fasziniert vom Anblick einiger junger Männer war, die riesige Stoffballen in großer Eile auf Kopf und Rücken durch die völlig überfüllten schmalen Gassen transportierten und das in dieser Hitze. Schweiß hatte ihre spärliche Kleidung durchnässt und rann ihnen von Stirn und Wangen. Als ich dieses Bild der schwer arbeitenden Menschen mit der Kamera festhalten wollte, warfen drei der Burschen ihre Lasten ab und drangen mit Drohgebärden auf mich ein. Mahmud trat dazwischen und konnte sie nach einem längeren Wortwechsel von Handgreiflichkeiten gegen mich abhalten. Es stellte sich heraus, dass sie es als Beleidigung empfanden, in einer solch unwürdigen Situation fotografiert zu werden. Sie wollten nicht schwitzend und schlecht gekleidet für alle Zeit auf einem Foto festgehalten werden. Erst recht nicht, während sie solch niedere Arbeit verrichteten.

Nach einer guten halben Stunde Fußmarsch hatten wir unser Ziel erreicht. Auf einem großen Platz, der sich jedoch mit versteckten Türen und Schiebewänden in eine sicher verschließbare Halle verwandeln ließ, lagerten Berge von Teppichen, scheinbar wahllos, aber wohl doch nach einem verborgenen Ordnungsprinzip aufgeschichtet. Einer der Arbeiter führte uns zu Herrn Hossein, einem freundlichen älteren Herrn. Der saß in einem rundum verglasten Büroraum hoch über diesen bunten Kostbarkeiten. Herr

Hossein spielte mit seiner Tasbih, dieser einem Rosenkranz ähnlichen Perlenschnur, die vor allem bei den Männern des Orients so beliebt ist. Nach der Begrüßung und meiner Vorstellung tauschte Mahmud noch eine Weile freundliche Worte mit ihm aus. Einer der Arbeiter brachte Tee und dann erst ging der Hausherr auf mein Anliegen ein. Seine Worte wurden von Mahmud übersetzt.

Als Kind war Hossein der Liebling Amu Rezas, eines Bruders seines Vaters, gewesen. Amu Reza war Musiker und als Sänger bekannt und beliebt. Er spielte zudem die Tar, diese persische Langhalslaute mit dem achtförmigen Klangkörper. Vor seiner Heirat hatte sich Reza bei Frauen nicht nur seines Gesanges wegen großer Beliebtheit erfreut und kaum eine hatte nicht, wenigstens für kurze Zeit, Erwiderung von seiner Seite erfahren. Doch dann war es die große Liebe, die ihn für eine ganze Weile hatte monogam werden lassen. Die Schönheit der Brautleute wurde landesweit gerühmt, die Hochzeit, sie galt als das Ereignis des Jahres, mehrere Tage lang mit Hunderten von Gästen gefeiert. Die Verliebtheit der Eheleute hielt eine ganze Weile an, doch die Ehe blieb kinderlos. Nach einigen Jahren nahm sich Amu Reza eine zweite Frau. Die erste hatte wohl, wie es die Regeln des Islam vorsehen, zugestimmt. Kein Mitglied der Familie war zu dieser zweiten Hochzeit eingeladen worden und es gab niemanden, der die neue Braut gesehen oder etwas über sie hätte sagen können. Vermutungen, Reza und die Neue betreffend, fehlten eine Zeit lang in keinem Gespräch. War Reza bei ihr, dann war es, als gäbe es ihn nicht mehr. Sein Aufenthaltsort blieb allen verborgen. Anfangs blieb er meist eine Woche bei der zweiten. Bald jedoch war er für immer längere Perioden für seine alten Freunde und Bekannten nicht mehr erreichbar.

Auch im Kreis der Familie ward er immer seltener gesehen und wenn, meist nur für kurze Zeit.

Wie schon erwähnt war der kleine Hossein der Liebling seines Onkels Reza. Als Fünfjähriger durfte Hossein seinen Amu Reza oft begleiten und das nicht selten auch für mehrere Tage. Der Onkel präsentierte den hübschen Jungen stolz, als sei es sein eigener Sohn und so genoß auch der Kleine stets besondere Aufmerksamkeit. Bei Festen, auf denen Reza ja stets die Attraktion war, war Hossein im Kielwasser seines Onkels der Mittelpunkt der Kinderschar. Von den größeren Mädchen wurde er verhätschelt und mit den Gleichaltrigen tobte er bis spät in die Nacht herum. Auf solchen Veranstaltungen sind auch die Kleinsten meist solange mitten im Geschehen aktiv bis sie irgendwann im Verlauf des Abends erschöpft einschlafen. In einer stillen Ecke werden die Kleinen dann unter Mänteln und Decken bis zum Ende der Festlichkeit sicher gebettet und schließlich nachhause getragen.

Einmal nach einer solchen Nacht wachte Hossein in einer fremden Wohnung auf. Es war ein sehr großer Raum, reich mit schweren Teppichen und seidenen Kissen ausgestattet. Alles erstrahlte in leuchtenden Farben. Kaum hatte er die Augen geöffnet, betrat eine sehr schöne Frau den Raum, kniete zu ihm nieder und reichte ihm eine Schale mit einem köstlich duftenden Getränk. Der Knabe war gleich von ihr eingenommen. Sie war in ein seidenes Gewand gehüllt, das ihren Körper umspielte und ihre Gestalt mehr präsentierte, als dass es sie verhüllte. Ihn erfasste eine nie empfundene Lust, als sie ihn berührte und er schmiegte sich eng an die Unbekannte. Nie wieder, sagte Hossein und es flog eine Röte über das Gesicht des alten Mannes, nie wieder habe er die Nähe von so viel Weiblichkeit erfahren. Das habe er zu dieser Zeit natürlich so nicht einordnen können. Aber als sein Onkel dazu kam, habe er Eifersucht empfunden. Dieser Morgen und auch das Frühstück mit all seinen Köstlichkeiten behielt zeitlebens einen festen Platz in seiner Erinnerung.

Diese Begegnung wurde ihm nur dieses eine Mal zuteil und doch war sie ihm noch im Alter gegenwärtig. Seine eindringlichsten Bitten, ihn doch wieder einmal mitzunehmen zu dieser schöner Dame, wusste Amu Reza stets begründet abzuschlagen. Jahre später hat Hossein dann die Nähe dieser Frau nochmals gespürt. Er war inzwischen schon ein erfolgreicher Kaufmann, sein Onkel dagegen nun ein kränkelnder Greis, der zu fast allen Familienmitgliedern den Kontakt abgebrochen hatte. Er lebte in Farahabad, einem Stadtteil am östlichen Rande Teherans. In einem sehr alten Gebäude dort hatte er eine Wohnung, die er so gut wie nie verließ. Besucher empfing er meist nur kurz angebunden in einem Vorraum, Einladungen oder Angebote jedweder Art lehnte er entschieden ab. Nur einem alten Diener, der ihn seit Jahren schon begleitet hatte, gewährte er regelmäßig, aber immer nur für kurze Zeit, zur Erledigung von Reinigungsarbeiten Zugang zu dieser Wohnung. Wenn jemand ihm Nahrung anbot, lehnte er dies stets mit der Bemerkung "Meine Frau sorgt für mich" ab. Nie jedoch wurde eine Frau beim Betreten oder Verlassen seines Hauses beobachtet.

Hossein hatte seinen alten Onkel immer wieder einmal besucht. Anders als andere wurde er von ihm stets freundlich empfangen und in den meisten Fällen kam zwischen ihnen auch eine kurze Unterhaltung zustande. Doch nur ein einziges Mal wurde er ins Innere des Hauses gebeten und da fand er sich dann im eben jenem Raum wieder, an den er sich aus seiner Kindheit so gut erinnerte.

Die kostbare Einrichtung schien kaum verändert. Hosseins Vater war kurz zuvor verstorben und der Onkel ließ sich vom Tod und dem Begräbnis seines Bruders berichten. In der Trauer waren sich nun beide nahe.

Als aus den Nebenräumen Geräusche zu hören waren, wurde der alte Mann jedoch plötzlich unruhig. Mit Nachdruck drängte er Hossein zum Gehen. Schon in der Tür entdeckte dieser rückblickend am anderen Ende des Raumes die Frau, die ihn schon als Kind so beeindruckt hatte. Wie damals trug sie seidene Kleider, die all die Reize ihres Körper so vorteilhaft untermalten. Sie schien sich in den vergangenen zwanzig Jahren nicht im Geringsten verändert zu haben. Wie das Kind so fühlte sich auch der erwachsene Hossein selbst über diese Distanz hinweg von dieser schönen Frau angezogen, doch Reza drängte ihn eilig und mit einer Kraft, die man dem Alten nicht zugetraut hätte, zur Tür hinaus.

Bald darauf war der Onkel seinem Bruder ins Grab gefolgt. Im Hause seiner ersten Frau hatte er immer ein eigenes Schlafzimmer gehabt und es war auch in seiner Abwesenheit unverändert geblieben. Dort fand man seinen Leichnam, gewaschen und aufgebahrt. Weder sein Kommen, noch das von Fremden hatte jemand bemerkt.

Hossein, dem ja der andere Wohnort seines Onkels bekannt war, hat dann schon am folgenden Tag dieses Haus aufgesucht. Er wolle in dieser etwas verrufenen Gegend Amu Rezas Hinterlassenschaft sicher stellen, hatte er als Vorwand verlauten lassen. Das glaubte er vielleicht auch selbst. Denn dass er vor allem das Bedürfnis hatte, seine schöne, geheimnisvolle Tante zu treffen, mochte er sich selbst nicht eingestehen.

Er fand das Haus. Obwohl die Eingangstür nicht verschlossen war, ließ sich das Haus nicht so einfach betreten. Die stark beschädigte Tür hing schief in den Angeln und durch Schutt, der sich dahinter befand, war sie völlig blockiert. Schutt bedeckte nicht nur den gesamten Eingangsbereich. Auch der Marmorboden des dahinter liegenden Raumes war mit Unrat übersäht. Vergammelte Reste zeugten von den einst so prächtigen Möbeln. Vor den von Staub und Alter blinden Fenstern hingen die Fetzen verrotteter Vorhänge. Alles war dick mit einer Staubschicht bedeckt. Von den kostbaren Teppichen, die einst den Boden bedeckten, zeugten nur noch von Motten zerfressene Reste. Die Nebenräume befanden sich in ähnlichem Zustand. Nichts ließ erkennen, dass hier vor Kurzem noch jemand gewohnt hatte.

Anruf aus dem Nichts

Ein Spätsommerabend war es, wie schöner du ihn nicht träumen könntest. Der Geruch von gebratenem Fleisch wurde langsam wieder überdeckt vom Duft der reifen Früchte. Im Licht der unter gehenden Sonne waren Äpfel, Birnen, ja selbst die Pflaumen vom Laub kaum noch zu unterscheiden. Aber Verlangen nach Obst verspürte jetzt auch niemand mehr. Sattsein lag über allem. Die beiden Kleinsten waren schon eingeschlafen und auf der Bank in der Gartenlaube sicher unter gebracht, die größeren Kinder bedienten lustlos irgendwelche Videospiele auf ihren Smartphones.

In der Mitte der Rasenfläche waren drei Gartentische zu einer einzigen Tafel zusammen gerückt worden. Mit einem weißen Bettuch bedeckt hatte sie anfänglich einen festlichen Eindruck gemacht, jetzt, bedeckt mit benutzten Tellern und etlichen Schüsseln mit Speiseresten, war sie Zeugnis eines opulenten Mahles, das dem Anschein nach den Zuspruch aller gefunden hatte. Eva, Heiner und Achmet rundeten die Schlemmerei mit Kaffee und Cognac ab, während Olaf seinen nie versiegenden Durst weiterhin mit Bier löschte. Yazmin ließ verträumt den Rotwein in ihrem Glase vom Licht der untergehenden Sonne illuminieren.

Astrid hatte mitten im Gespräch die Tischrunde verlassen, um zu telefonieren. Sie hatte plötzlich nach ihrem Mobiltelefon gegriffen und war mit einer Entschuldigung aufgesprungen. Yazmin hatte sich gewundert, denn sie hatte kein Anrufsignal vernommen. Astrid stand nun das Telefon am Ohr abseits unter dem großen Kirschbaum.

Erst nach einer ganzen Weile kam Astrid zum Tisch zurück. Der Ausdruck ihres Gesichts ließ Yazmin aufmerken. Astrid war bleich, wirkte irgendwie verschreckt. Sie bedeutete Yazmin wortlos ihr zu folgen. Erst in einiger Entfernung vom Tisch und dem Rest der Gruppe wandte sie sich um. "Ich habe eine Nachricht erhalten, die Deinen jüngsten Bruder betreffen soll. Du hast doch einen jüngeren Bruder im Kossowo?"

Nun waren es Yazmins Gesichtszüge, die sich verfärbten, und ihre Augen bekamen einen feuchten Glanz. Sie räusperte sich: "Wer hat Dir das gesagt?" und mit erstickter Stimme sprach sie weiter: "Niemand außerhalb meiner Familie weiß von ihm." "Er sitzt in Pristina im Gefängnis und es geht ihm nicht gut", wusste Astrid zu berichten. Yazmin konnte sich nun nicht länger beherrschen. Sie versuchte ihr Schluchzen zu unterdrücken, ihre Tränen flossen ungehemmt und sie zitterte am ganzen Körper. "Wer hat Dir das gesagt", konnte sie schließlich mit fast erstickter Stimme nur wiederholen. "Ich weiß es nicht. Es war dieser Anruf. Eine weibliche Stimme, sie nannte sich Fatima und sie flehte mich an, Dir folgende Botschaft mitzuteilen; Blerim sei unschuldig und sie könne es beweisen." Yazmin schien einen Schock zu erleiden, Zittern und Schluchzen setzten schlagartig aus, auch ihre Tränen versiegten, doch ihr Gesicht war kalkweiß geworden. "Fatima?" fuhr es aus ihr heraus, "Fatima ist tot!" "Ich weiß", war Astrids Antwort, "auch das hat sie mir gesagt." Astrid führte die verstörte Freundin zu einer Bank auf der Rückseite des Gartenhauses. "Wer war Fatima?"

Im Sitzen konnte Yazmin sich langsam beruhigen und dann auch antworten: "Fatima war die Freundin meines Bruders Blerim. Sie war erst sechzehn, als sich die beiden in einander verliebten. Blerim war damals zwanzig. Mehr als ein Jahr lang haben sie sich heimlich getroffen. Als es dann doch bekannt wurde, hat Fatimas Mutter eine riesige Szene gemacht und ihr Vater ein Machtwort gesprochen. Fatima durfte das Haus ohne Begleitung nicht mehr verlassen. Ihr Bruder Ilir bekam den Auftrag, seine kleine Schwester unter allen Umständen von Blerim und unserer Familie fern zu halten. Natürlich ist es den beiden trotzdem gelungen in Kontakt zu bleiben. Über eine Schulfreundin Fatimas haben sie Briefe ausgetauscht. Die hatte als Postillion d´ amour reichlich zu tun. Täglich bekam das Mädchen von den beiden Briefe zugesteckt. Gewissenhaft und meist pünktlich hat sie alle zugestellt. In den Schulferien fiel diese Kommunikationsmöglichkeit allerdings aus. Doch zuvor hatten die beiden schon vereinbart, eine Entführung zu inszenieren.

Zwei Tage nach Ferienbeginn kletterte Fatima nachts aus dem Fenster. Blerim wartete an der nächsten Hausecke mit seinem Moped. Achtzig Kilometer haben sie mit diesem Fahrzeug zurück gelegt. Allerdings scheinen sie viele Pausen eingelegt zu haben, denn erst am späten Nachmittag kamen sie in Pristina an. Sie haben bei unserer Tante Asyl erbeten. Tante Shpresa ist Journalistin, eine moderne Frau. Sie hält wenig von den alten Moralvorstellungen. Unser Romeo und seine Julia wurden von ihr aufgenommen.

Tante Shpresa überließ ihnen die Doppelschlaf-
couch in ihrem Gästezimmer und versäumte auch
nicht, sie ausreichend mit Verhütungsmitteln zu
versorgen.

Drei Wochen lang waren die beiden spurlos
verschwunden, denn Tante Shpresa gab das
Geheimnis selbst meinen Eltern gegenüber nicht
preis. Am dritten Tag erschien Fatimas Mutter in
Begleitung ihres Sohnes bei meinen Eltern. Die
beiden inszenierten in unserem Wohnzimmer ein
Schauspiel, das niemand der Anwesenden je
vergessen wird. Die Mutter weinte, bettelte und
schrie abwechselnd und zur gleichen Zeit, raufte
sich die Haare und fiel schließlich sogar in
Ohnmacht. Fatimas Bruder Ilir versuchte in der
einen Sekunde sie zu beruhigen, unterstützte sie
jedoch in der nächsten, indem er zu den
Vorwürfen und Beschimpfungen seine eigenen
hinzu fügte. Erst als er zudem Drohungen nicht nur
gegen Blerim, sondern gegen unsere ganze
Familie ausstieß, gab mein Vater seine passive
Zuschauerrolle auf und wies ihn mit der ganzen
Autorität des Hausherrn in die Schranken. Nun
beendete die Mutter ihre Ohnmacht und setzte
statt dessen ihr Jammern fort. Erst als meine
Mutter ihr unter Tränen erklärte, dass doch auch
sie keine Ahnung habe vom Verbleib ihres Sohnes
und dass auch sie in großer Sorge sei, bekam
dieses Zusammentreffen den Charakter einer
konstruktiven Besprechung. Es wurde vereinbart,
dass die Eltern des Liebespaares so bald als
möglich offiziell die Verlobung bekannt zu geben
hätten. Das solle mit einer großen Feier und allem,
was dazu gehöre, geschehen. Es gab dann Tee
und Baklava und Mutter und Sohn verließen uns in

völliger Zufriedenheit. Meine Mutter teilte das Ergebnis noch in der gleichen Nacht ihrer Schwester mit, denn von Anfang an hatte den Verdacht gehabt, Tante Shpresa sei involviert.

Am Wochenende standen die beiden Flüchtlinge dann reumütig in unserem Wohnzimmer. Vater strafte Blerim mit einer Ohrfeige. Die jedoch hatte vor allem symbolischen Charakter.

Noch in den Schulferien wurde die Verlobung gefeiert. Die Vorbereitungen dazu hatten die beiden Väter gleich nach der Vereinbarung eingeleitet. Nach Fatimas Schulabschluss im Spätsommer sollte dann die Hochzeit stattfinden. Es bestand ja, nicht zuletzt dank Tante Shpresas Vorsichtsmaßnahmen, zur Eile kein Anlass.

Die beiden Liebenden konnten nun ganz zwanglos zusammen sein, auch wenn sie noch nicht das Bett miteinander teilen durften. Ihnen schien nun das Leben wie ein Tanz auf Wattewolken. Einzeln wurde von nun an keins der beiden angetroffen. Beim Erinnern an diese Zeit huscht kurz ein Lächeln über Yazmins Gesicht. "Beim Zuckerfest waren sie bei einer befreundeten Familie im Nachbardorf gewesen. Sie hatten mit einer größeren Gruppe junger Leute gefeiert, hatten getanzt, am offenen Feuer gesungen und viele hatten Wein und stärkeres getrunken. Es hatte auch eine kleine Streiterei gegeben. Tarik, ein Junge aus diesem Dorf, hatte mit Fatima getanzt und war dann zudringlich geworden. Er hatte in einer höheren Klasse die gleiche Schule wie Fatima besucht und schon zu jener Zeit ohne Erfolg ein Auge auf sie geworfen. Zu einer Schlägerei mit Blerim wäre es fast gekommen. Doch das hatten die Anwesenden verhindert.

Trotzdem wollte für Fatima und Blerim keine rechte Stimmung mehr aufkommen. Zudem es war auch schon nach Mitternacht. Sie machten sich mit dem Moped auf den Heimweg. Danach waren die Beiden dann von niemandem mehr gesehen worden.

Auch am nächsten Tag blieben sie verschwunden. Anfänglich hatten die Eltern vermutet, das Paar habe im Haus der jeweils anderen übernachtet und waren dann verärgert gewesen, als sie erfuhren, dass das nicht der Fall war. Wirklich Sorgen aber hatten sie sich nicht gemacht. Um so schlimmer war der Schock, als ihnen von der Polizei geschildert wurde, das und wie man sie gefunden hatte.

Fatima hatte tot und halb entkleidet neben der Straße im Gras gelegen. Das Moped war zirka hundert Meter weiter an der gleichen Straße gefunden worden und dort in der Nähe auch Blerim. Er war bewusstlos gewesen, hatte stark nach Alkohol gerochen und wies an Armen und im Gesicht etliche Verletzungen auf, die als Kratzspuren gedeutet wurden. Auch seine Kleidung war beschädigt. Man hatte ihn einem Arzt vorgeführt und nach Untersuchung und medizinischer Versorgung inhaftiert. Die ärztliche Untersuchung der Leiche hatte weitgehend sicher ergeben, dass Fatima vor und nach ihrem Tod vergewaltigt worden war und auch, dass sie sich heftig gewehrt hatte. Todesursache war Erwürgen. Dies in Verbindung mit Blerims Verletzungszeichen reichte der Polizei indiziell, um ihn in Untersuchungshaft zu nehmen. Sicherlich kann sich jeder vorstellen, wie bestürzt und von Leid ergriffen beide Familien waren. Doch dass dieses

Ereignis für die Angehörigen beider Familien ein unfassbar grausamer Schicksalsschlag war, diese Gemeinsamkeit im Leid zu erkennen, dazu war niemand fähig. Statt dessen erwuchs durch gegenseitige Schuldzuweisungen eine schier unüberbrückbare Feindschaft.

"Immer noch herrschen unvermindert Hass und Ablehnung zwischen den Familienangehörigen beider Seiten", erklärte Yazmin.

Blerim wurde auf Grundlage der Indizien der Vergewaltigung und des Totschlags bezichtigt, schuldig gesprochen und zu lebenslanger Haft verurteilt, obwohl er die Vergehen stets vehement bestritten hat. Es gab nur wenige im Gerichtssaal, die seiner Schilderung des Ereignisses Glauben schenken mochten.

Er hatte behauptet, sie seien auf dem Heimweg von einem Auto von der Straße abgedrängt worden und darum im Straßengraben vom Moped gestürzt. Vom Sturz benommen habe er das, was folgte nur eingeschränkt wahr genommen. Er wisse aber, dass er sich gegen einen Angreifer gewehrt, dann aber wohl das Bewusstsein verloren habe. Auf seinen doch offensichtlichen Alkoholkonsum angesprochen, behauptete er, während des ganzen Festes keinen Tropfen Alkohol getrunken zu haben. Der am Tatort festgestellte Alkoholgeruch sprach gegen ihn. Eine zeitnahe Blutuntersuchung war ja nicht vorgenommen worden.

Yazmin lehnte nach dieser Schilderung völlig erschöpft an der Wand der Gartenlaube. Astrid besorgte darum erst einmal etwas zur Stärkung.

Nur mit Mühe konnte sie sich Heiners plötzlich aufkommender zärtlichen Annäherung entziehen.

Es gelang ihr, ihm und den anderen gegenüber das Zweiergespräch mit Yazmin und ihrer beider Abwesenheit erfolgreich zu rechtfertigen, obwohl es der Gruppe ob des Alkoholkonsums schon deutlich an Einsichtsvermögen mangelte.

Mit einem Glas Rotwein und etwas Käse versorgt ging es Yazmin schon deutlich besser und Astrid meinte, ihr nun auch den Rest der mysteriösen Telefonbotschaft zumuten zu können. Die Stimme hatte in Fatimas Namen behauptet, sie habe Beweise, dass Blerim an ihrem Tod völlig unschuldig sei und dass ihm darum großes Unrecht geschehe. "Ich kann keine Ruhe finden, wenn die Liebe meines Lebens leiden muss. Blerim, mein lieber Mann, wird frei kommen, wenn Du meine Botschaft übermittelst. Es ist nicht schwer, den wirklichen Täter zu überführen. Als ich mich wehrte, habe ich ihm seine goldene Kette vom Hals gerissen. Die ist bis zum heutigen Tag in der weichen Erde nicht entdeckt worden. Sie liegt weit ab von der Stelle, an der ich gefunden wurde. Dort, wo der alte Johannisbrotbaum steht, müsst ihr suchen."

Yazmin hat noch am gleichen Abend ihre Eltern angerufen. Die von ihnen beantragte offizielle Nachforschung wurde abgelehnt. Sofort hatten sie sich aber zur Suche mit einigen Freunden selbst an die beschriebene Stelle begeben und einen Polizisten ihres Vertrauens gebeten, bei diesem Unternehmen die Aufsicht zu führen. Es dauerte zwei Tage, dann wurde die Kette tatsächlich gefunden. Zeugen zu finden, die Bujar aus Ljutoglav als Eigentümer der Kette identifizieren konnten, war nicht schwer. Beim anschließenden Verhör verwickelte sich der Mann recht schnell in mehrere Widersprüche, die ein Geständnis schließlich unausweichlich machten.

In Freiheit ist es sein erster Weg, der Blerim zum Friedhof des Dorfes führt. Ein aufrechter schlanker Quader aus weißem Marmor kennzeichnet Fatimas Grab. Der Stein mit Fatimas Bild und der Inschrift *E gjithe dashuria jone eshte me ju* - All unsere Liebe ist mit Dir - war frisch poliert.

Eine alte Frau kniet davor. Fatimas Mutter erkennt Blerim nach einem kurzen prüfenden Blick und wirft sich ihm weinend vor die Füße: "*Me vjen keq! Me fal gjithcka!* - Entschuldigung! Vergib mir alles" Ihm ent*f*ährt ein Schrei. Mit tränensticktem "*Jo nena jo! - Nein, Mutter, nein!*" hebt er sie hoch, hält sie fest und dann liegen sich beide lange weinend in den Armen.

Stumm zeigt Fatimas Mutter auf den großen Rosenbusch, der den Grabstein um mehr als das Doppelte überragt. Über und über ist er bedeckt mit vollen weißen Rosenblüten, die den ganzen Umkreis mit einem betörenden Duft erfüllen. Wie ein großes Tuch aus schwerer weißer Seide scheinen sie das Grab schützend zu umhüllen.

Blerim hat die Schwiegermutter zu einer nahen Bank geführt. Erst nach einer Weile ist es der Frau möglich zu sprechen. Sie berichtet, der Rosenstrauch sei gleich nach der Grablegung der Tochter gepflanzt worden. Schnell hatte er sich gut entwickelt. Bald schon war es ein riesiger Busch, der mit seinen übergroßen Dornen jedem den Zutritt zum Grab verwehren zu wollen schien. In all den Jahren hatte er nicht eine einzige Blüte getragen. Erst nach dem Prozess gegen Bujar hatten sich dann unverhofft die ersten Knospen gezeigt.

"*Por vetem sot. Allah eshte i madh* -heute erst sind sie zu dieser Pracht erblüht. Allah ist groß -."
Als Blerim nun zum Grab hinüber schaut, fährt ein Windzug durch den Busch und ihm erscheint es so, als ob jede dieser Rosenblüten ihm freundlich grüßend zunicke.

NIPPOGLENSE

Nippoglense

Der alte Herrensitz in Hinterpommern hat viele Male den Besitzer gewechselt. Das Land östlich der Recknitz war seit dem fünften Jahrhundert von slawischen Stämmen besiedelt worden. Im zwölften Jahrhundert mit ihrer Christianisierung erkannten die slawischen Adeligen Pommerns Heinrich der Löwe als Lehnsherrn an und Pommern gehörte fortan zum Heiligen Römischen Reich Deutscher Nation. 1153 wurde das Kloster Stolpe gegründet und in dieser Zeit muss wohl auch der Ort Nippoglense befestigt und in den Folgejahren mit einer Burg bewehrt worden sein. Führend daran beteiligt war wohl Dirsiko, der Kastellan von Demmin und erster urkundlich erwähnter Ahnherr des pommerschen Aldesgeschlechts derer von Zitzewitz. Als deren Lehensbesitz gelangte das Anwesen durch Erbschaft erst an die von Krockow und im siebzehnten Jahrhundert an Georg von Puttkamer. Der kam bei einem Schiffsunglück mitsamt sechs seiner Kinder ums Leben. Seine Frau jedoch wurde von dem sich ebenfalls an Bord befinden- den Simon von Pirch vor dem Ertrinken bewahrt. Sie heiratete ihren Lebensretter und so gelangte der Besitz an die von Pirch. Erst nach dem Tode Augusts des Starken, Kurfürst von Sachsen und König von Polen, und den im Zuge des Polnischen Erbfolgekrieges erfolgten Veränderungen kam das Gut Nippoglense wieder in den Besitz derer von Zitzewitz.
Die mittelalterliche Burg hatte schon lange bis auf wenige Reste einem komfortablen Herrenhaus weichen müssen und auch dieses war im Laufe der Jahrhunderte von den wechselnden Besitzern baulich mehrfach verändert worden. Seit dem neunzehnten Jahrhundert besteht es aus zwei

zweigeschossigen Flügeln, die durch einen sechseckigen Turm miteinander verbunden sind. Hier befindet sich der Zugang mit einer breiten mehrflügeligen Tür, von der aus eine Freitreppe in den Park führt. Prunkstück des Hauses war viele Jahre lang der große zentrale Empfangsraum, von dessen Wänden herab die Ahnen und die hochrangigen Besucher des Hauses aus ihren schweren vergoldeten Rahmen heraus die Anwesenden, die schon von der Größe und Ausstattung des Saales ausreichend beeindruckt waren, zu Respekt und Ehrerbietung nötigten. An Rang und Alter allen voran hing dort Bogislaw der Zweite, im zwölften Jahrhundert Herzog von Pommern, aus dem Hause der Greifen, mit seiner Gattin Miroslawa von Pommerellen. Es war ein Gemälde, das der niederländische Maler Cornelius Krommery im Jahre 1598 angefertigt hatte. Auch Friedrich-Wilhelm der Erste, Kurfürst von Brandenburg und König von Preußen seit 1713, hatte seinen Platz neben einer stattlichen Anzahl Zitzewitzer Ahnherren und -frauen. Anna Maria hatte im siebzehnten Jahrhundert mit ihrer Heirat das Gut in den Pfandbesitz derer von der Linde gebracht. Ihr war nicht der beste Platz eingeräumt worden. Was man verstehen kann, zumal ihr Gatte, Hans von der Linde, den Leuten des Gutes, der Ortschaft, ja der ganzen Region mit seinen Fehden nicht nur all zu oft und in hohem Grade die Laune verdorben, sondern auch auf Dauer nicht unerheblichen Schaden zugefügt hatte. In seiner Streitlust hatte er es verstanden, mit jedem seiner vielen Nachbarn die heftigsten Auseinander-setzungen zu führen. Die ständige Unterhaltung einer Schar Soldaten zu seinem persönlichen Schutz und zur Bedrohung der Nachbarschaft überstieg die Einkünfte des Gutes bei weitem und führte recht nah an den Rand des zum Ruins.

Gneomar von Zitzewitz erst gelang es nach seiner Vermählung mit Sophie von Pirch, die Ökonomie des Gutes zu stabilisieren. Dessen Sohn, Leopold Nicolaus Georg, konnte als preußischer Landrat dann diese Bemühungen erfolgreich zu Ende führen.

Zu bemerken ist noch, dass Jesko von Puttkamer, der vorläufig letzte Besitzer, ebenso wie sein Muttriner Nachbar, Friedrich Karl von Zitzewitz, verdächtigt wurde, in Verbindung zur Widerstandsgruppe um Claus von Stauffenberg gestanden zu haben. Beide wurden 1944 inhaftiert und angeklagt. Auf Grund von Zufällen und sehr glücklichen Umständen sind sie beide den ihnen zugedachten Todesstrafen entgangen. Den Untergang des dritten Reiches haben beide begrüßt, den der alten Ordnung nicht.

Unter den ehrwürdigen Damen des Hauses Zitzewitz im Prunksaal von Nippoglense tat sich Mathilde von Zitzewitz noch bis in die letzten Tage preußischen Landjunkertums in spektakulärer Weise hervor. In jedem Jahre, in der Nacht zum fünften September, dem Tag ihrer Geburt, pflegte sich Tante Mathildes Bild von der Wand zu lösen und mit erheblicher Geräuschentfaltung in den Saal zu stürzen. Am Vorabend versuchte das Personal des Hauses regelmäßig und in gleichem Maße erfolglos den bevorstehenden Sturz durch Auslegen von Matratzen und Decken zu dämpfen, doch das schwergewichtige Portrait fand stets eine ungeschützte Stelle und beendete pünktlich zu Beginn ihres Gedenktages jeglichen Schlaf im Hause mit lautem Gepolter, das ungemildert bis in den entlegensten Winkel des Anwesens drang.

Die jungfräuliche Mathilde war im zarten Alter von nicht einmal vierzehn Jahren als Gattin des vierzig Jahre älteren Majors a.D., Adolph von Zitzewitz, nach Nippoglense gekommen. Schon zwei Jahre später endete ihr junges Leben. Sie teilte das Schicksal so vieler Frauen dieser Zeit. Weder sie, noch ihr neugeborener Sohn überlebten das Kindsbett. So blieb die Verbindung ohne Nachkommen.

Der Gutsherr ist keine neue Ehe eingegangen. Aus diesem Grund wurden um die Person des Majors in den Damenzirkeln romantische Geschichten gesponnen. Es hieß, er sei in seiner nicht enden wollenden Trauer um seine schöne junge Gemahlin unfähig, einer Frau auch nur gegenüber zu treten. Und das, obwohl er doch stets als Muster eines preußischen Soldaten, nämlich unbeirrbar und emotionslos, in Erscheinung trat. Das Gerücht hielt sich hartnäckig weit über seinen Tod hinaus, obwohl es eine Reihe verschwiegene Damen gab, die es hätten widerlegen können.

In Anbetracht ihres kurzen Erdenwandels erscheint mir Mathildes Bedürfnis, wenigstens von Zeit zu Zeit in dieser Welt noch einmal eine Rolle zu spielen, allzu verständlich.[1] Eine erhebliche Anzahl von Personen, eingeweihte und fremde, fühlte beim Betreten des Raumes stets starke Beklemmungen, was der Hausherr bei Verhandlungen zu nutzen wusste. Cousine Luise Gisela, die Gisi gerufen wurde, verlor beim Betreten des Raumes regelmäßig die Besinnung und musste dann zur Wiederbelebung an die frische Luft getragen werden, wo sie erst im Verlaufe der folgenden Stunde das Bewusstsein wieder voll erlangte.

Ihren größten Auftritt aber hatte Tante Mathilde nachdem die meisten Bewohner das Gut und das Dorf schon verlassen hatten. Am sechsten März hat die Rote Armee den Ort besetzt und die

---

[1] Mathilde, geb. von Sprenger, 05.09.1847 - 11.08.1863, mit 13 Jahren verheiratet mit Adolph v. Z., der das Gut 1833 übernahm

restlose Räumung des Gutshauses angeordnet. Der Treck der Vertriebenen setzte sich in den frühen Morgenstunden in Bewegung.

Wie Augenzeugen später berichteten, hat Tante Mathilde in Gestalt ihres Bildes, als russische Soldaten den Empfangssaal betraten, so getobt, dass die schwer bewaffneten Eindringlinge den Raum fluchtartig und in Panik verließen.

DES GUTSHERRN MORGENGRUSS

Des Gutsherrn Morgengruß

"Guten Morgen, Herr Rittmeister!" Hanske, der Postbote war vom Rad abgestiegen und hatte seine Mütze gezogen. Nun hält er den Wallach des Gutsherrn am Halfter. "Soll ich hier Herrn Rittmeister die Post aushändigen oder sie ins Gutshaus tragen?" "Na, Hanske, er weis doch, unterwegs les´ ich nich´. Wie geht´s Frau und Kinder. Wieviel sind´s nun?" "Sechse, danke der Nachfrage, Herr Rittmeister." "Und gesund, hoff´ ich." "Danke, ja, Herr Rittmeister." "Sag, Hanske, was zahlt er jetzt für die Kate?" "Achtzehn Mark jeden Monat, das Geld bring ich immer pünktlich zum Herrn Verwalter." "Weiß ich, Hanske, weiß ich. Will er das Häuschen nich´ kaufen?" "Wie soll das gehen, Herr Rittmeister? Im Monat bekomm dreiundvierzig Mark. Das reicht gerade fürs Nötigste." "Na, im Jahr sind das über fünfhundert, das is nich wenig, Hanske." "Aber, Herr Rittmeister, mehr zahlen kann ich wirklich nicht." "Soll er ja nich, Hanske. Er war wie lange hier im Dienst, zwanzig Jahre?" "Fünfunddreißig, Herr Rittmeister, schon bei Herrn Rittmeisters Vater hab ich gedient. Aber seit zwanzig Jahren leite ich das Postamt, Herr Rittmeister." "Zwanzig Jahre, und ich weiß sehr wohl, er macht seine Sache recht ordentlich. Ich denk, er soll die Kate haben, Hanske. Aber Grundpacht zahlen muss er. Den Grund kriegt er nich. Fünfzig im Jahr, was sagt er?" "Das ist sehr großzügig, Herr Rittmeister. Ich danke Ihnen sehr. Vielen Dank, Herr Rittmeister, vielen Dank."

"Is gut, Hanske, nun lass er den Gaul mal los. Und sag er im Haus, sie sollen nich warten auf mich."

Hanske steht völlig verblüfft da. Konnte das wirklich ernst sein? Des Gutsherrn Geiz war doch sprichwörtlich. Ein Glück wär's ja. Heiner könnte das Einjährige machen und es würde noch etwas übrig bleiben. Aber kann das wirklich sein? Scherzen war doch niemals noch des Gutsherrn Art, aber Schenken auch schon gar nicht.

Zwei Wagen stehen vor dem Olwitzer Herrenhaus. Die Gig des Herrn von Pannwitz und ein Landauer mit Kutscher. Seltsam, da ist hoher Besuch und der Hausherr macht einen Ausritt. Herr Schoner, der Verwalter kommt aus dem Haus als Hanske sein Fahrrad abstellt. Er ruft Hanna, die Magd, die ganz in Schwarz die Post entgegen nimmt.

"Ich soll ausrichten von Herrn Rittmeister, man solle nicht auf ihn warten." Der Verwalter schießt herum: "Was sagt er da vom Herrn?" "Man solle nicht auf ihn warten, soll ich sagen. Er macht einen Ausritt." "Hanske, er hat ihn gesehen?" "Ja, ich hab ja den Wallach gehalten. Und der Herr Rittmeister hat sich lange mit mir unterhalten." "Wie sah er aus, der Wallach, ein Schecke?" "Nein, er reitet einen Rappen." Die Magd ist leichenblass, Herr Schoner wütend: "Red´ er keinen Unsinn, Kerl. Solche Scherze sind abscheulich!" "Ich darf den Herrn Verwalter doch wohl bitten, nicht so mit mir zu reden. Ich mache keine Scherze. Ich sag´ nur, was mir zu sagen aufgetragen wurde."

Auch Hanske ist etwas lauter geworden. Die Frau des Hauses erscheint auf der Treppe, auch sie schwarz gekleidet. "Schoner, was gibt's?" "Der Postbote behauptet, mit dem Herrn gesprochen zu haben." Die Gutsherrin runzelt die Stirn: "Hanske, nicht wahr. Was haben Sie gesagt?"

"Bitte, Frau Rittmeister, ich habe nur gesagt, was der Herr Rittmeister mir aufgetragen hat. Ich soll ausrichten, dass man im Haus nicht auf ihn warten solle." "Wie sah er aus?" "Wie immer, wenn er einen Ausritt macht: eine braune Reithose, schwarze Stiefel, grünes Jacket und den Hut mit den Häherfedern. Er hatte den schwarzen Wallach." "Und das könnt ihr schwören, Hanske?" "Gewiss, Frau Rittmeister, das kann ich beschwören." "Mein Mann ist tot, Hanske, der Rittmeister ist heute am Morgen gestorben."

Das Testament des Herrn von Olwitz wurde wenige Tage später eröffnet. Frau von Olwitz ließ den Postmeister des Dorfes rufen. Sie übergab ihm die Schenkungsurkunde für die Kate, die er mit seiner Familie seit vielen Jahren schon bewohnte. Dass der Gutsherr persönlich ihm die Schenkung schon angetragen hatte, verschwieg er geflissentlich. Er brachte es sogar zustande, sein Erstaunen und auch seinen Dank überzeugend zum Ausdruck zu bringen, obwohl ihm in der Zwischenzeit aufgefallen war, welchen Pferdefuß die Schenkung hatte. Hatte er doch schon seit längerer Zeit vergeblich darum gebeten, das Dach neu zu decken.

BILDERGESCHICHTEN

Bildergeschichten

Mit Abbildungen Einfluss auf das Dargestellte zu nehmen, haben Menschen schon in sehr alter Zeit wurde versucht. Auf diese Weise suchte man Personen, jagdbares Wild oder Ereignissen in der Natur zu beeinflussen. Mit der Darstellung eines Hirsches oder eines Bisons wurde wohl versucht, dem Jagdglück nachzuhelfen. In ähnlicher Weise wird in vielen Kulturen versucht, mit bildlichen Darstellungen Gottheiten oder gar das Schicksal zu bewegen, die Geschicke in gewünschter Weise zu lenken. Für viele Religionen haben Darstellungen der verehrten Gottheiten oder deren Wirkens so große Bedeutung, dass derartige Bilder selbst Ziel der Verehrung sind, zu denen man Walfahrten unternimmt.

Es wurde auch über Personendarstellungen berichtet, die einen Teil der abgebildeten Person willentlich oder gegen deren Willen integriert hatten. Schicksalhaft waren sie dann mit ihnen verbunden. Da ist dieses Portrait eines selbstverliebten jungen Mannes, dem es gelingt, die Spuren, die mit den Jahren unter normalen Umständen Ermüdung, Verschleiß und Alter in seinem Gesicht hinterlassen hätten, auf eben dieses, sein frühes Jugendbildnis, zu übertragen, um selbst davon verschont zu werden. Da gibt es in der Schule von Hogwarts eine Galerie mit den Bildern von ehemaligen Lehrerinnen und Lehrern, die, obwohl sie ihr irdisches Leben schon lange beendeten, in ihren Gemälden weiterhin nicht nur existieren, sondern in beschränktem Maße sogar zu handeln fähig sind. Im ersten Fall bezeugt dies ein Mr. Wilde, im zweiten eine Mrs. Rowling.

Nach Pygmalion ist es wohl noch manchem kreativen Menschen widerfahren, dass, weil er in seine Schöpfung so viel seiner selbst investierte, das Werk endlich von seinem Schöpfer Besitz ergriff. Nach Ovid war die Liebe des zyprischen Steinmetzen zu seiner elfenbeinernen Schönen nicht nur befriedigend, sondern schöpferisch über das künstlerisch Kreative hinaus. Denn die Frucht der Verbindung, ihrer beider überaus liebliche Tochter Paphos, erfreut uns noch heute. Sie hat als Perle Zyperns die Zeit besiegt und besteht in Jugendfrische fort.

In anderen Fällen ist den Künstlern nach meinem Wissen nur geringe oder gar keine Befriedigung zuteil geworden. Was Uranos durch den Spross seiner Lende, erfuhr ein Bildhauer vom Werk seiner Hände. Ein messerscharfer Splitter, geschleudert von seinem eben gefertigten steinernen Bilde des Zorns, entmannte ihn blutig für immer. Eine andere Statue, vielleicht überwältigt von der Liebe zu ihrem Schöpfer, stürzte sich auf ihn zu einem todbringenden Koitus.

Selbst fotografisch erzeugte Bilder sollen in ähnlicher Weise mit Menschen in Verbindung stehen können. So ist es wohl mehrfach geschehen, dass eine Fotografie erblasste, als die abgebildete Person ernsthaft erkrankte und sich die Konturen sogar folgerichtig bei deren Tod bis zur völligen Unkenntlichkeit auflösten. In anderem Falle wurde ein Bild nach der Gesundung des Ebenbildes völlig wieder hergestellt.

Von den Bildern einer Malerin weiß man zu berichten, dass sie sich immer dann von der Wand lösten, wenn sie selbst in Tobsuchtsanfälle ausbrach. Meist war der Anlass, dass sie wieder einmal von einem Liebhaber enttäuscht worden war. Ihre Galeristin hatte auf diese Weise einen recht genauen Einblick in das Liebesleben der Künstlerin, was sie denn auch zu nutzen wusste.

Den Wert der Werke ihrer Klientin konnte sie nach deren Tod immens steigern, indem sie eine Biographie der Kreativen verfasste und darin deren fleischliche Aktivitäten besonders farbenfroh und in Beziehung zu den Gemälden darzustellen wusste. Für die mysteriösen Eigenschaften der Bilder lieferte sie zudem eine recht pikante Erklärung; die Malerin habe, vertraute sie der Öffentlichkeit an, die ersten Pinselstriche bei jedem ihrer Werke mit ihrem Menstruationsblut ausgeführt. Eben das habe zu der außergewöhnlich intensiven Verbindung zwischen ihr und ihren Werken geführt. Sollte dieser indiskrete Bericht der Wahrheit entsprechen, so kann man die Möglichkeit derartiger Auswirkung, ob dieser doch überaus innigen Verbindung von Werk und Schöpferin, als realistisch in Betracht ziehen. Hat uns doch Goethe schon gelehrt: Blut ist ein besonderer Saft.

Auch von anderen Verbindungen zwischen Personen und Abbildungen wird berichtet. So hat sicherlich ein jeder von den unheilbringenden Eigenschaften karibischer Voodoo-Puppen gehört. Wird eine derartige Puppe einer bestimmten Person zu geschrieben und eine Loa der Petro-Machon mit entsprechenden Opfern bestochen und für eine Strafaktion gewonnen, so hat die betreffende Person äußerst schlechte Karten. Nur wenn sie von dem geplanten Anschlag erfährt und es ihr darüber hinaus gelingt, die beauftragte Loa nun durch von ihrer Seite erbrachte Opfergaben umzustimmen oder wenn sie sich die Gunst einer mächtigeren Loa der fürs Gute zuständigen Rada-Machon erkaufen kann, hat sie eine Chance den ihr zugedachten Widrigkeiten zu entgehen.

URLAUB IN DER KARIBIK

Urlaub in der Karibik

Gerd sieht schrecklich aus; die Wangen eingefallen, die Augen tief in dunklen Höhlen. Es fehlen ein, zwei Zähne und die Haare sind komplett grau inzwischen. Fast ist es ein Wunder, dass sie ihn erkennt. Er versucht ein Lächeln, als er Louisa an der Sperre erblickt. Er fällt ihr in die Arme und dann weint er. Gerd weint. Das ist unfassbar. Sie drückt ihn an sich, hält ihn, führt ihn hinaus zum Parkplatz und setzt ihn in den Wagen. Auf die Rückbank setzt sie ihn und sich selbst daneben. Sie warten auf Mark, der mit Gerds Gepäck nachkommt. Mark, Gerds Kompagnon, hatte sich einfühlsam zurück gehalten, obwohl auch er ihn gerne begrüßt hätte. Als Mark mit dem Koffer auftaucht, hat Gerd sich schon ein wenig beruhigt. Stumm reicht er ihm die Hand, sprechen kann er offensichtlich noch nicht.

Erst einmal fahren sie zu Louisas Wohnung. Hier hatten sie sowieso meistens zusammen gelebt. Gerd hatte zwar immer noch seine "eigene Bude", doch die hatten sie nur selten gemeinsam genutzt. Als er endlich in "seinem" Sessel sitzt, macht Gerd einen deutlich entspannteren Eindruck. Mit einer Flasche Beaujolais sitzen sie zu dritt am Tisch, reden nur wenig und versuchen, die Ereignisse der vergangenen Wochen zu erinnern, zu rekonstruieren, zu begreifen.

Louisa und Gerd hatten die zehn Stunden Flug auf sich genommen, um dem norddeutschen Shitwetter für eine kurze Weile zu entfliehen. Sonnenstrahlen wollten sie speichern, um den Rest des Winters besser überstehen zu können. Im Bus war Louisa ganz von der freudigen Erwartung auf ihre Ferienunterkunft erfüllt gewesen. Die Kataloginformationen hatten eine Hotelanlage beschrieben, in der dem Urlauber so gut wie jeder Wunsch erfüllt würde. Dem Preis des vierzehntägigen Urlaubsaufenthaltes nach zu urteilen, war ein gewisser Anspruch auf Luxus auch durchaus gerechtfertigt. Luisa hatte mit der Vorfreude die Strapazen des Fluges schnell vergessen.

Mit Gerd war sie nun schon seit über zwei Jahren zusammen, doch dies war ihr erster längerer gemeinsamer Urlaub. Beide waren sie in ihren Berufen recht erfolgreich und beide bezogen sie entsprechend gut dotierte Gehälter, doch dafür mussten sie im Gegenzug zu Gunsten des Jobs unter anderem auch auf eine individuell optimale Urlaubsterminierung verzichten. Aus diesem Grund waren bisher nie mehr als sieben gemeinsame freie Tage zustande gekommen. Die Fahrt vom Flughafen zum Hotel dauert eine gute Stunde. Louisa betrachtete die ganze Zeit die relativ triste Landschaft, durch die sie über die Autopista Duarte geführt wurden, als habe sie das als Pflichtprogramm zu absolvieren.

Gerd dagegen hatte die Augen geschlossen, gleich nachdem sie den Bus bestiegen hatten. Er bereitete sich auf seine Weise auf die kommenden Freuden vor.

Schließlich ist aber auch Louisa eingeschlafen. Sie wacht erst auf, als der Bus vor dem Tor der Ferienanlage hält. Die Papiere des Fahrers werden geprüft, die Insassen gezählt, der Bus inspiziert. Dann erst öffnet sich die Schranke. Vor dem prachtvollen Empfangsgebäude können die neuen Hotelgäste den Bus verlassen. Während ihr Gepäck ausgeladen wird, erfolgt an der Rezeption die Überprüfung der Reservierungen und die Zuweisung der Zimmer. Hotelboys stehen bereit, sie nehmen Namen und Zimmernummern entgegen, um die Koffer der Gäste auf die Unterkünfte zu verteilen.

Die Neuankömmlinge werden inzwischen mit einem Begrüßungscocktail vom Manager der Ferienanlage begrüßt, einem smarter Typ in maßgeschneidertem blauen Anzug und weißem Hemd mit Schillerkragen und, wie es Gerd auffällt, im Gegensatz zu den Herren an der Rezeption ohne Krawatte. Damit will er wohl unterstreichen, dass es sich hier um einen Ort der Zwanglosigkeit handelt. Das Personal jedoch scheint von dieser Zwanglosigkeit ausgenommen, es ist streng seiner Funktion entsprechend uniformiert. Die Arbeitskleidung des Reinigungspersonal ist dunkelrot, die Männer tragen Hosen und Hemden, die Frauen Kittel in dieser Farbe, die Hotelboys sind indigoblau gekleidet, Hemd und Hose, Kellner tragen zur schwarzen Hose Weste und Fliege in gleicher Farbe zu einem weißen Hemd. Die Kellnerinnen sind ähnlich gekleidet. Statt Hose und Weste schafft bei ihnen ein schwarzer Trägerrock den Kontrast zu der weissen Hemdbluse. Die Farbe des Personals der Verwaltungsebene ist blau wie die Farbe des Abendhimmels, Anzug die Herren, Kostüm die Damen, beide mit Kravatte.

Der smarte Leiter erläutert im Plauderton die wichtigsten Angebote der Anlage. Die Buchung "all inclusiv" umfasst ein Frühstücksbüffet, zum Lunch und Abendessen gibt es zusätzlich zur Selbstbedienung am Büffet jeweils zwei Gerichte zur Auswahl, die von je einem Koch vor den Augen des Gastes auf Wunsch frisch zubereitet werden. Diese Versorgung findet in zwei Restaurants statt, unter denen frei gewählt werden kann. Zum Abend gibt es zusätzlich die Möglichkeit nach Vorbestellung in einem der drei Spezialitätenrestaurants zu speisen. Am Strand, am Pool und abends in der Lounge gibt es Barbetriebe. Erfrischungsgetränke und Longdrinks können kostenlos ohne Begrenzung geordert werden. In der Lounge, die auch über eine große Tanzfläche verfügt, werden am Abend Unterhaltungsprogramme und Tanzveranstaltungen angeboten. Die stärkste Anziehungskraft auf die sonnenhungrigen Nord- und Mitteleuropäer übt aber mit Abstand der breite Sandstrand aus, an dem auch eine ganze Reihe von Angeboten zur Freizeitgestaltung bereit stehen.

Louisa und Gerd sind in einer Suite im Obergeschoss eines Hauses am Rande der Anlage unter gebracht. Ihr Gepäck ist schon vorhanden, als sie das Appartement betreten und auf dem Wohnzimmertisch steht eine Schale mit frischem Obst.

Wohn- und Schlafbereich sind getrennt, der große Balkon wird von der Morgensonne beschienen und der Blick von hier läßt hinter einer mit Kokospalmen und anderen exotischen Pflanzen bewachsenen Fläche das Meer erahnen. Louisa stellt fest: "Das Bad ist sehr geräumig. Schau mal, Gerd, ein großer Duschbereich und eine Wanne zusätzlich. Die Toilette ist separat, sehr schön. Komm wir spülen erst einmal den Alltag runter. Ich bin total verschwitzt."

Beim gemeinsamen Duschbad werden bei beiden Gefühle geweckt, die zu ausgedehnten Aktivitäten führen. Dabei nutzen sie alle Gegebenheiten der Räume auf ihre Weise. Als Gerd allerdings auch das Balkongeländer in ihr Liebesspiel einbeziehen will, stößt er auf Louisas entschiedene Ablehnung. Was ihn jedoch nur wenig frustriert, weil sich auch das große Bett im Schlafzimmer als Spielwiese vorzüglich eignet. Schließlich endet ihr Match auch dort. Lose in einander verschlungen fallen sie in einen einer Ohnmacht ähnelnden Schlaf.

Am späten Nachmittag erst wachen sie auf. Für den Lunch ist es zu spät. Sie gehen zum Strand, wollen vor dem Abendessen das Meer sehen.

Kaffee und Kuchen gibt es hier auch in einer Strandbar, stellen sie fest. Das Leben der beiden findet in den kommenden vier Tage ausschließlich in den Bereichen Bett - Restaurant - Strand - Restaurant - Bett statt. Weil beide diese Art Urlaub auf die Dauer nicht befriedigte, hatten sie eine geführte Busreise gebucht, um einen kleinen Einblick in die Schönheiten dieser Karibikinsel zu gewinnen und sie waren nicht enttäuscht worden. Besonders der Aufenthalt auf einer kleinen Farm im Landesinneren war so ganz nach ihrem Geschmack gewesen. Gerd hatte sich für all die fremden Pflanzen interessiert. Es gab da so viel zu bestaunen, von dem er nur die Produkte aus seiner Küche kannte, wie Kakao, Vanille und Pfeffer, auch Mangofrüchte gab es in allen Reifegraden. Louisa interessierte sich mehr für die Menschen und hatte sich bald schon mit der Frau, vor allem aber mit der kleinen Tochter der Farmer angefreundet. Hernando, ihr Fahrer war ein Verwandter der Bauernfamilie. Indem er Touristen bei ihnen einkehren ließ, unterstützte er sie und ging sicherlich auch selbst dabei nicht leer aus. Nicht nur Louisa und Gerd empfanden den Aufenthalt bei diesen Leuten als Gewinn. Die Hotelgäste wurden hier mit Kaffee, Gebäck, Säften und frischen Früchten bewirtet und fanden zwischen den Bäumen herrliche Rastplätze.

Die Familie hatte auch einige Produkte aus eigener Herstellung zum Verkauf anzubieten. Es gab geröstete Kakaobohnen, Vanillekonzentrat, Konfitüren und Fruchtsäfte verschiedenster Art. Der Bauer beschäftigte zwei Hilfskräfte. Sie stammten aus Haiti, dem Nachbarstaat, dessen Territorium den westlichen Teil der Insel Hispaniola einnimmt.

Im Gegensatz zur Dominikanischen Republik befindet sich Haiti wirtschaftlich und sozial in keinem guten Zustand, das ist der Grund, warum viele Haitianer im Nachbarstaat Arbeit suchen. Sie zu beschäftigen ist jedoch oft mit Problemen verbunden, hatte der Bauer erklärt. "Die meisten sind sehr stark mit dem Glauben und der Kultur des Voodoo verbunden. Wenn Du einen Konflikt mit ihnen hast, sind sie sehr schnell dabei, Dir von einem Voodoo-Priester einen üblen Zauber anhängen zu lassen," hatte der Fahrer die Erklärung des Bauers übersetzt.

Spät abends erst waren sie zurück in der Ferienanlage gewesen. Sie hatten sich entschuldigt, dass sie dem Fahrer nur Euros als Trinkgeld hatten geben können, weil sie es versäumt hatten, US-Dollars einzutauschen. Der Fahrer jedoch war hoch erfreut und meinte, der Euro werde inzwischen in der Karibik genau so akzeptiert wie der Dollar und stände zudem besser im Kurs. Er versprach auch, ihnen auf Wunsch günstig einen Leihwagen zu besorgen. Denn, obwohl der Fahrer ihnen davon abriet, überlegten sie, auf eigene Faust einen Ausflug ins Landesinnere zu machen. Die nächsten beiden Tage ließen sie sich allerdings erst einmal wieder von den Luxusangeboten der Anlage verführen.

Am Dienstagmorgen steht dann der bestellte Leihwagen schon um acht Uhr auf dem Parkplatz am Haupteingang der Ferienanlage, Schlüssel und Papiere sind an der Rezeption hinterlegt. Louisa hatte im Reiseführer von der Siedlung Villa Isabela gelesen, der von Kolumbus gegründeten ersten europäischen Niederlassung auf amerikanischem Boden. Bis dorthin mussten es zirka siebzig Straßenkilometer sein. Den beiden schien es kein großes Wagnis, zumal sie ja ihre Unternehmung auch jederzeit abbrechen konnten. Zuerst aber wollten sie sich Puerto Plata ansehen. Sie waren zwar dort auf dem Flughafen der Stadt gelandet.

Von der Stadt selbst aber hatten sie nichts gesehen. Die haben sie bald erreicht. Den Strand sehen sie sich nur vom Wagen aus an, die Straße führt ja kilometerlang direkt an ihm entlang. Auch zur Besichtigung des Hafens verlassen sie den Wagen nicht. Erst als sie in der Altstadt mit ihren bunten karibischen Holzhäusern ein malerisches Restaurant entdecken, erscheint es ihnen wert, für eine Pause den Motor abzustellen. Der Pico Isabel de Torres, der Hausberg der Stadt, ist von ihrem Platz im Restaurantgarten aus gut zu sehen. Sein Gipfel in fast achthundert Metern Höhe ist mit einer Seilbahn erreichbar, wie ihnen der Kellner erklärt. Obwohl die Stadt mit Sicherheit noch einiges mehr zu bieten hätte, drängt es sie weiter. Sie wollen schließlich La Isabela erreichen. Die Straße nach Luperon ist gut ausgebaut, die Landschaft abwechslungsreich. Es geht zügiger voran, als sie erwartet hatten. Ihr Leihwagen ist ein Ford mit Automatikgetriebe und Lenkradschaltung und entsprechend mit einer barrierefreien Sitzbank, die Louisa nach einer Weile nutzt, zum einen um die Fahrt liegend zu genießen, zum anderen um Gerd, der ja ans Steuer gebunden und in seiner Bewegungsfreiheit eingeschränkt ist, nicht nur mit Worten, sondern auch anderweitig oral zu reizen. Das führt schließlich zu einem Zwischenstop. Nach einer kurzen intensiven Pause übernimmt Louisa auch das Steuer des Fords.

Luperon ist eine Küstenstadt an einer wunderschönen Bucht. An dem herrlichen Strand nehmen sich die beiden die Zeit für ein Bad im Meer. Nach einer sehr befriedigenden Malzeit, es gab diverse Meeresfrüchte, ausgezeichnet zubereitet in einem kleinen Restaurant am Hafen, fahren sie weiter Richtung Westen.

Die Strecke ist abwechslungsreich. Auf etlichen Kilometern durchqueren sie einen Nationalpark, den Parque Nacional La Hispaniola mit tropischer Urwaldvegetation. Dann gibt es wieder einen wunderschönen Blick aufs Meer und eine viertel Stunde später erreichen sie die Gemeinde Villa Isabela. Die Reste der von Kolumbus gegründeten ersten europäischen Niederlassung auf amerikanischem Boden liegt etwas außerhalb des Ortes. Eine Gedenktafel bezeichnet den Ort, sie trägt die Inschrift: EN ESTE SOLAR DE LAS AMERICAS EL ALMIRANTE DON CRISTOBAL COLON LEVANTO EN EL ANO DE GRACIA DE 1493 - LA ISABELA - PRIMERA CIUDAD DEL NUEVO MUNDO. Bei archeologischen Untersuchungen konnten fünf steinerne Gebäude nachgewiesen werden, darunter ein größeres, das als das Wohnhaus von Don Cristobal Colons, von Kolumbus also, gehalten wird. Zudem wurde das Grab eines Spaniers gefunden. Obwohl es nur spärliche Reste sind, die hier zu sehen sind, spüren Louisa und Gerd doch die Bedeutung des Ortes. Die hohe Zeit des europäischen Imperialismus und die unchristliche Missionierung friedlicher Völker begann hier. Kolumbus werden Worte zugeschrieben, nach denen er dieses Land mit seinen freundlichen Menschen als Paradies bezeichnet hat. Er und seine Nachfolger haben dafür gesorgt, dass es für die Bewohner zur Hölle wurde. Von den Ureinwohnern ist nichts erhalten. Die Taino starben als Sklaven oder wurden durch eingeschleppte Krankheiten ausgerottet.

Louisa und Gerd fanden nicht nur den nahe gelegenen Strand ganz reizvoll und beschlossen darum, hier einen Tag lang zu bleiben. Weil es inzwischen schon spät am Nachmittag geworden war, suchten sie darum eine Unterkunft. Sie fanden das Isamar Tropical Hotel im Ort. Ein Doppelzimmer war noch zu haben. Im Restaurant wurde ihnen ein köstliches Abendessen serviert.

Der Kellner, ein junger Mann mit scharf geschnittenen Gesichtszügen, die, die dunklen Hautfarbe unbeachtet, recht europäisch wirkten, war ganz offensichtlich von Louisa fasziniert. Er bemühte sich kaum, es zu verbergen. Er sprach ein wenig Englisch, in das er immer wieder französische Ausdrücke einflocht.

Der Typ ist jung und sieht gut aus und sie geht hart auf die Vierzig zu. Louisa ist amüsiert und fühlt sich mehr als nur ein wenig geschmeichelt. Doch mit Gerd versucht sie sich über den schwarzen Gockel lustig zu machen. Sie trinken noch etwas mit viel Rum und gehen schon bald nach Sonnenuntergang auf ihr Zimmer. Es liegt vielleicht am vielen Rum im Cocktail, vielleicht aber auch an dem, der ihn gemixt und serviert hat, dass Louisa an diesem Abend besonders fordernd ist.

Sie hat ihre Morgentoilette schon beendet, als Gerd am Morgen erwacht. Das Frühstück lassen sie sich im Garten servieren. Sie haben gerade Platz genommen, da fliegt ein schwarzer Hahn in den Garten und landet ausgerechnet auf ihrem Tisch. Die junge Frau, die ihnen den Kaffee bringt, kommt mit entsetztem Gesichtsausdruck herbei gestürmt und versucht das Tier zu verscheuchen. Das Federvieh ist recht frech und hackt mit dem Schnabel nach ihr. Letztendlich aber packt sie den Hahn beherzt und schleudert ihn weg. Wie zum Spott kräht der Gockel beim Abgang. Die Bedienung ist ziemlich aufgeregt und entschuldigt sich mehrfach trotz der Beteuerung, dass dies doch wirklich kein großes Problem sei. Schließlich kommt die Besitzerin. Auch die Dame des Hauses beteuert mehrfach, dass dieses Missgeschick nicht wieder vorkommen werde.

Sie bringt sogar zur Entschädigung eine Flasche Schaumwein. Zwar meinen die beiden, es gäbe nichts, was zu entschädigen wäre, genießen den

Muntermacher aber trotzdem, bevor sie zum Strand von Ensenada aufbrechen. Der Busfahrer hatte ihnen die Playa Ensenada als echten Insidertipp empfohlen.

Es ist tatsächlich ein herrliches Fleckchen Erde, äußerst authentisch und selbst an diesem Mittwoch reichlich gut besucht. Überwiegend handelt es sich bei den Badegästen um Einheimische. Es gibt hier eine Reihe bunter Imbissbuden aus Holz und mit Palmblattschirmen überdeckte Restauranttische, alles jedoch ohne die allzu offensichtliche Ausrichtung auf Dollar- oder Eurozahler. Zum Glück hatten sie sich mit Pesos eingedeckt. Nachdem sie ihren Wagen an einem schattigen Platz geparkt haben (für zwanzig Pesos unter Aufsicht) stürzen sie sich ins Strandleben.

Zuerst einmal geht´s in die sanfte Brandung. Während sie trocknen, lockt der Geruch von Gegrilltem. Ganz in der Nähe wird Fisch über offenem Feuer gebraten. Obwohl das Frühstück noch nicht verdaut ist, können sie nicht widerstehen. Es schmeckt herrlich und kostet sie pro Person dreihundert Pesos, also weniger als fünf Euro. Fisch macht durstig und so bestellt sich Gerd ein Bier, während Louisa sich für Kokosmilch frisch aus der Frucht entscheidet. Jeder wird ihre Überraschung nachempfinden können, als eben jener Kellner vom Vorabend die Getränke serviert.

Louisa wurde am darauf folgenden Sonnabend von einer Polizeistreife in dem geliehenen Ford bewusstlos aufgefunden. Der Wagen war am Rande der Calle Ventinueve, der Landstraße, die von La Isabela in südliche Richtung führt, aufgefallen. Ihre Identität als Gast der bekannten Ferienanlage war schnell ermittelt worden. Sie wurde ins Krankenhaus von Puerto Plato eingeliefert mit einem Alkoholspiegel von zwei Promille.

In ihrem Blut konnten daneben verschiedene Benzodiazepine nachgewiesen werden. Damit war klar, dass sie offensichtlich durch die Verabreichung von K-O-Tropfen in diesen Zustand versetzt worden war. Nach zwei Tagen erst war sie wieder so weit bei sich, dass sie sich an ihren Ausflug und an Gerd erinnern konnte. Erst jetzt auf Grundlage ihrer Aussagen wurde eine Fahndung nach ihm eingeleitet. Die Nachforschungen in La Isabela und im dortigen Hotel ergaben lediglich, dass der besagte Kellner, ein gewisser André Fignole, Gastarbeiter aus Haiti, seit dem Mittwoch der vergangenen Woche ebenfalls verschwunden war. Das war nicht weiter aufgefallen, da er tageweise angestellt und entlohnt wurde. Sein Verschwinden war ärgerlich gewesen. Man hatte so viele Gäste, dass jede Hilfe gebraucht wurde. Weiter hatte man sich aber keine Gedanken gemacht. Sie gelten eben als unzuverlässig, die Haitianer. Natürlich waren auch an der Playa Ensenada Nachforschungen angestellt worden. Die Ergebnisse führten nicht wirklich weiter. Mehrere der Händler dort konnten sich an das europäische Paar erinnern. Sie waren zum Abend hin recht auffällig gewesen. Zu dritt waren sie in den verschiedenen Restaurants gewesen, stellte sich heraus. Die beiden Männer, ein Weißer und ein junger Einheimischer, hätten sich um die Frau bemüht. Ziemlich betrunken wären sie gewesen, hätten zu dritt recht ungehemmt getanzt. Mehrfach hätten sich die Männer gestritten, aber gleich darauf auch wieder umarmt. In der Nacht seien sie dann gemeinsam mit einem roten Ford weg gefahren. Jemand konnte sich sogar an das Kennzeichen erinnern. Den jungen einheimischen Begleiter des Paares aber kannte niemand und ein André Fignole war auch niemandem bekannt. Der Haitianer wurde zur Fahndung ausgeschrieben.

Ein Amtshilfeersuchen wurde bei den Behörden in Port-au-Prince eingeleitet. Viel schien sich die Polizei davon nicht zu versprechen.

Nach vier Tagen Aufenthalt konnte Louisa das Krankenhaus verlassen. Sie hatte schon am Dienstag, als sie sich ihrer selbst wieder sicher fühlte, die deutsche Botschaft in Santo Domingo informiert. Trotzdem suchte sie die Botschaft nun persönlich auf. Sie wurde recht freundlich empfangen und man nahm sich ausreichend Zeit für sie. Nach ihrer nochmaligen Schilderung des Vorfalls wurde alles protokoliert und es wurde ihr versichert, dass auch von deutscher Seite alles getan würde, um Gerds Verschwinden aufzuklären und um ihn zu finden. Man würde sehr wohl auch mit der Polizei und den zuständigen Stellen in Haiti Kontakt aufnehmen und die Suche nach Gerd auch dort veranlassen. Ihr wurde geraten, so bald als möglich nachhause zurück zu kehren. Hier könne sie weiter nichts für Gerd tun.

Louisa aber konnte Hernando, den Busfahrer, überreden, mit ihr noch einmal La Isabela und die Playa Ensenada aufzusuchen. Sie hoffte, dass ein Einheimischer eher etwas erfahren könnte, dass die Bewohner ihm gegenüber offener reden würden als gegenüber einer Fremden oder der Polizei. Ihre Versicherung für Unglücksfälle im Ausland hatte die volle Kostenübernahme zugesagt, so konnte sie es sich problemlos leisten, Hernando den Verdienstausfall zu ersetzen.

Im Hotel in La Isabela steigt sie auch diesmal ab. Die Hotelbesitzerin ist anfänglich sehr reserviert. Sie war zu dem Vorfall von der Polizei befragt worden, hatte aber von der Schilderung des Vorfalls nur die Hälfte verstanden.

Da Louisa nun mit einem wieder anderen Mann auftaucht, ist sie von deren Sittenlosigkeit voll und ganz überzeugt. Hernando allerdings versteht es, sie wieder freundlich und zugängig zu stimmen. Zudem macht die Buchung zweier Einzelzimmer auf sie einen guten Eindruck.

Allerdings kann sie zu der Person des André Fignole weiter nichts sagen. Er war in diesem Jahr zum ersten Mal bei ihr aufgetaucht, war stets eingesprungen, wenn sie Hilfe brauchte und war immer sehr fleißig und ein wirklich guter Kellner gewesen, zudem bei den Gästen sehr beliebt. Vor allem die Frauen waren in der Regel von ihm sehr angetan gewesen. Es war nicht nur einmal vorgekommen, dass eine Dame seine Dienste auch nachts beansprucht hatte. "Mir fällt ein," sagte sie dann, "Maria, unsere Küchenhilfe war wohl kurzzeitig auch einmal mit ihm zusammen. Vielleicht kann sie mehr über ihn sagen." Es stellt sich heraus, Maria ist die junge Frau, die damals den Hahn eingefangen hat. Auf André angesprochen verfärbt sich ihr Gesicht. Aschgrau erscheinen ihre Wangen und ihre lebhaften Augen verlieren ihren Glanz. Sie gibt vor, noch viel Arbeit zu haben und will in die Küche entfliehen, doch ein Wort der Chefin hält sie zurück. Trotzdem muss Hernando noch länger auf sie einreden, bis sie endlich wieder spricht: "André ist ein schlechter Mann. Er benutzt die Menschen. Ich habe Angst vor ihm." Hernando gibt sich alle Mühe, um sie davon zu überzeugen, dass André sich hier, ja in der gesamten Dominikanischen Republik nicht wieder sehen lassen kann, weil die Polizei eine Fahndung nach ihm eingeleitet hat. "So weit ich weiß, ist er aus Port-au-Prince. Auf jeden Fall hat er dort gelebt. Sein Onkel ist ein Houngan, ein Voodoo-Priester, und er geht stets zu ihm, wenn er Hilfe braucht oder etwas vor hat."

Sie selbst hatte einen Houngan bitten müssen, weil sie sich alleine nicht von Andrés Einfluss hatte befreien können. Sie hatte sich von ihm getrennt.

Er hatte daraufhin eine präparierte Fledermaus über ihrer Haustür angebracht, um sie ständig überwachen und kontrollieren zu können. Der Houngan hatte große Mühe gehabt, den Zauber aufzuheben. "André betet vor allem zu Marinette. Er wird sehr schnell gewalttätig." "Marinette ist ein mächtiger Machon des Petro-Voodoo," wusste Hernando zu erklären. Mehr war aus Maria nicht heraus zu bekommen. Doch das war schon mehr, als die Polizei in Erfahrung gebracht hatte.

Als sie am Strand von Ensenada sind, können sich einige der Ladeninhaber an Louisa erinnern. Lachend machen sie schlüpfrige Andeutungen auf ihre Beiträge zur allgemeinen Unterhaltung an jenem Abend. Hernando übersetzt offensichtlich nur die Hälfte, doch es reicht, um Louisa in Verlegenheit zu bringen. Wesentlich geringer fallen die Erinnerungen an ihre männlichen Begleiter aus und André will niemand zuvor gekannt oder auch nur gesehen haben. Das kann so auf keinen Fall stimmen, aber wie soll man das beweisen, wenn eine kollektiven Abschottung so konsequent betrieben wird.

Louisa teilte sowohl der Polizei als auch der Botschaft die spärlichen Ergebnisse ihrer privaten Nachforschung mit und erhielt von beiden Seiten die gleiche Einschätzung; man müsse die Ergebnisse der Fahndung abwarten und sie könne hier nichts mehr tun. Sie solle nachhause fliegen und den Beamten vertrauen. Nach einigem Zögern, aber schließlich nicht zuletzt weil ihr das Geld ausging, flog Louisa zurück.

Zehn Tage danach wurde in Port-au-Prince ein Mann hilflos aufgefunden, auf den die Fahndungs-beschreibung passte. Nach Rücksprache mit der deutschen Botschaft in Santo Domingo wurde Gerd nach eingehender Behandlung im Krankenhaus in Puerto Plata ins Flugzeug gesetzt.

Eine Gruppe junger US-Amerikaner, die zur Feier des Junggesellenabschieds eines der ihren in Haiti eine lustige Zeit verbringen wollten, hatte einen verletzten Europäer völlig stoned in der Nähe eines Bordells in einer Häuserecke gefunden. Den wenigen gelallten Worten nach war er Deutscher, weshalb sie die Deutsche Botschaft benachrichtigten. Es wurde festgestellt, dass er nicht wie vermutet das Opfer einer ausschweifenden Alkohol- und Drogen-Orgie war. Er hatte als unfreiwilliger Spender herhalten müssen und bedurfte dringend einer medizinischen Nachversorgung, um mit seiner verbliebenen Niere noch eine Weile den Freuden des irdischen Daseins nachjagen zu können.

Das zerschnittene Herz

Aische ist schon sechzehn. Sie geht in Hannover in die elfte Klasse einer Gesamtschule. Neben Englisch durfte sie Türkisch als zweite Fremdsprache wählen. Sie beherrscht somit vier Sprachen, denn Kurdisch ist die Sprache ihrer Mutter. Aische hat recht gute Chancen, die Schule mit dem Abitur abzuschließen. Ihre Eltern kamen in den siebziger Jahren aus der Türkei nach Deutschland. Das heißt eigentlich kamen sie aus Kurdistan, doch das ist ja kein Staat, sondern nur ein großer Teil Vorderasiens, der seit Urzeiten von Kurden bewohnt wird, aber verteilt ist auf die Staatsgebiete von Türkei, Iran, Irak und Syrien. Anfänglich hier in Deutschland haben Aisches Eltern alle möglichen Arbeiten gemacht, um Geld zu verdienen. Sie haben gespart und konnten nach ein paar Jahren ein eigenes Einzelhandels-Geschäft aufmachen. Mit Obst und Gemüse haben sie angefangen. Mahmud war jeden Morgen um vier auf dem Großmarkt und hat so eingekauft, dass sie immer die frischeste Ware in bester Qualität anbieten konnten. Gleich morgens hat er die neue Ware in die Regale geräumt, die schlechte vom Vortag aussortiert und den Laden schon um sieben geöffnet.

Bald hatte sich herum gesprochen, dass es hier frische Ware von guter Qualität gibt. Darum gab es bald eine ansehnliche Zahl von Stammkunden, die sich auf dem Weg zur Arbeit mit frischem Obst eindeckten. Um neun übernahm Hülya, Aisches Mutter, dann den Laden und Mahmud holte ein paar Stunden Schlaf nach. Nach Aisches Geburt musste Mahmud eine junge Frau einstellen. Nicht für sehr lange, denn schon bald hat Hülya diese Aufgabe wieder übernommen. Um die Buchführung und die Bankgeschäfte hat sie sich sowieso immer gekümmert, denn anders als Mahmud hat sie sehr schnell die fremde Sprache gelernt.

Viele Kurden sind Christen, die meisten jedoch bekennen sich zum Islam, auch Aisches Eltern. Das sieht man ihnen nicht gleich an, denn auf Äußerlichkeiten legen sie keinen Wert. So zum Beispiel trägt Hülya ein Kopftuch nur dann, wenn es gilt, die Haare vor Staub zu schützen oder den Kopf warm zu halten. Aus religiösen Gründen aber bedeckt sie nur beim Besuch einer Moschee oder einer Kirche ihren Kopf. Entsprechend konnte Aische ohne religiös begründete Zwänge aufwachsen. Aber im Sinne des Islam wurde sie erzogen und lebt auch im Bewusstsein, eine Muslima zu sein. Um nun diese Religion verstehen und praktizieren zu können, muss sie sich mit den Glaubensgrundsätzen beschäftigen. Darum studiert sie den Koran, das heilige Buch des Islam, und das Vermächtnis des Propheten Mohammad. Das ist nicht so einfach, denn die Sprache des Koran ist Arabisch. Während fürs Türkische wie für die meisten europäischen Sprachen die lateinischen Buchstaben verwendet werden, hat die arabische Sprache eine eigene Schrift. Wie die lateinischen Schriftzeichen kennzeichnen sie die einzelnen Konsonanten und Vokale, allerdings werden sie von links nach rechts geschrieben. Aische besucht eine Koranschule, um die arabische Sprache und Schrift zu lernen. Diesen Unterrichtsstoff muss sie zusätzlich zum Lernpensum ihrer Gesamtschulklasse verdauen.

Das ist nicht immer leicht, doch sie findet Gefallen daran, die fremde Schrift zu üben und die Zeichen sehr dekorativ. Einige sorgfältig gemalte Koranverse hat sie in ihrem Zimmer aufgehängt. Um sie sich einzuprägen vor allem, doch mag sie die Schriftbilder auch als Wanddekoration und will sie darum auch einrahmen.

In der Koranschule lernen die Schüler vor allem, einige Verse der Suren in der arabischen Form und Sprache auswendig zu rezitieren. Der Sinn wird ihnen dabei natürlich auch erklärt. Aische war das zu wenig. Sie wollte die Texte im Zusammenhang verstehen und darum hat sie sich eine deutsche Übersetzung des Koran besorgt.

In dieser Woche hat sie die zweihundertundsechsundachtzig Verse der zweiten Sure gelesen und dabei erfahren, dass auch die Juden und die Christen und sogar die Sabaer, die dem altarabischen Glauben anhängen, vor Gott Gehör finden werden. Sie hat darum den neunundfünfzigsten Vers der Sure von der Kuh, die das bestätigt, mit sehr viel Sorgfalt und einer Kalligraphiefeder abgeschrieben, natürlich in Arabischer Schrift. Es ist ihr recht gut gelungen und sie ist stolz auf ihre Arbeit. Das Blatt legt sie ins Buch, kennzeichnet die Seite im Koran zusätzlich mit einer Schmuckkarte, auf der zwei Engel ein großes rotes Herz tragen, das sich genau in der Mitte der Karte befindet. Sie mag die Karte sehr gerne. Es ist ein Geschenk ihrer besten Freundin und sie benutzt es schon länger als ihr Lieblings-Lesezeichen. Sie küsst das Buch dreimal, wie es üblich ist, bevor sie es ins Regal zurück stellt. Es ist ein schlichtes, in Leinen gebundenes Exemplar des Koran und trägt die

Spuren vieler Hände, denn schon seit vielen Generationen wird es in der Familie weiter gereicht.

Obwohl sie doch sehr müde ist, schläft Aische erst nach einer Weile ein. Nach etwa vier Stunden Schlaf ist sie plötzlich mitten in der Nacht wieder hellwach und findet sich aufrecht sitzend im Bett. Neben sich fühlt sie etwas Hartes. Sie schaltet die Nachttischlampe ein und entdeckt auf ihrem Kissen eine schmale Karte mit einem Bild. Ein Engel ist darauf zu sehen und der trägt ein halbes Herz. Es ist die Hälfte ihrer Schmuckkarte. Ihre Karte wurde mittig durch geschnitten. Das Bild erscheint jedoch nicht zerstört oder beschädigt sondern ganz so wie eine gewollte Darstellung. Die Karte zeigt auch keine Schnittspuren, sondern macht den Eindruck einer ursprünglichen Form. Das Bild erweckt ein Gefühl von Sehnsucht. Asches Körper reagiert mit Gänsehaut, vom Kopf bis zu den Füßen. Das Geschehen ist ihr unheimlich. All ihren Mut wendet sie auf, um das Bett zu verlassen. Auf ihrem Schreibtisch liegt neben dem aufgeschlagenen Koran ihre Kalligraphie und die zweite Hälfte ihres Lesezeichens im gleichen Zustand wie die erste.

"Besme ellahe rachmane rachim", ohne nachzudenken spricht sie die Beschwörungsformel, wie sie es von ihrer Großmutter gelernt hat. Zitternd starrt sie die Sachen auf dem Tisch an, die sie doch so ordentlich ins Regal geräumt hatte. Nur langsam lösen sich ihre schreckstarren Glieder und vorsichtig, neues Grauen erwartend, schaut sie sich im Zimmer um. Aber sie kann nichts derartiges entdecken. Systematisch durchsucht sie mutig jeden Winkel.

Es bleibt dabei, da ist nichts und niemand. Schlussendlich legt sie die beiden Hälften der Karte auf dem Tisch neben einander. Sie muss sich eingestehen, auch so geben sie ein schönes Bild ab und ebenfalls ist einzeln jedes für sich hübsch anzusehen. So hat sie nun zwei Lesezeichen. Vielleicht ist es keine große Bereicherung, ein Verlust ist es jedenfalls nicht.

Wieder einschlafen konnte sie lange nicht. Es gab eine unbekannten Kraft, die da in ihrem Zimmer wirkte. Dass sie sich fürchtete, kannst Du sicherlich verstehen. Da ist die Ungewissheit, was vielleicht weiter geschieht. Woher kommt diese Macht, ist das gut oder böse. Sie weiß noch nicht einmal, was oder wer sie ist, weiß nicht wie sie aussieht und ob sie überhaupt eine Gestalt hat. Sie weiß eben nichts über sie. Und das macht Angst. Diese Angst vor etwas, von dem man nichts weiß, das ist das Grauen. Das lauert dann überall auf Dich, wenigstens wirst Du das Gefühl nicht los, das es so sei.

Aishe ist dann irgendwann eingeschlafen. Denn ganz langsam war das Grauen gewichen. Nach langem Nachdenken erkannte sie, dass das, was geschehen war, ja nicht zu ihrem Schaden war. Ihr schien es im Gegenteil, als ob es, was immer es auch sein mochte, ihr wohl gesonnen war.

Allah u akbar.

IM FUNDAMENT

Im Fundament

Alte Gemäuer erscheinen nicht selten auch solchen Menschen nicht sehr, aber doch ein wenig unheimlich, die sich modern und realistisch denkend fühlen und geben. Weitläufige Tiefgaragen und ausgedehnte Kellerräume lösen oft beklemmende Gefühle aus. Es sind wohl die Leere, die dunklen Winkel und der Klang der eigenen Schritte, die das auslösen. Sie nähren die Vermutung, allein und schutzlos zu sein in einer Umgebung, wo eine unangenehme Überraschung hinter jeder Ecke verborgen sein könnte. Wer aber weiß, ob nicht manchmal verborgene Kräfte oder Wesen hierfür Verantwortung tragen. Mehrfach wurde mir glaubhaft von Begebenheiten berichtet, dass Menschen mit Wesen zusammen trafen, die aus einer anderen Zeit oder Welt zu stammen schienen. Sogar in neu errichteten Gebäuden soll es derartige Vorkommnisse gegeben haben.

Petra ist eine Frau von Mitte Dreißig, die sich schon mit einigen Widrigkeiten des Lebens erfolgreich herum geschlagen hat. Sie arbeitete als Verkäuferin in einem modernen Einkaufszentrum einer Großstadt im Rhein-Main-Gebiet. Neben den Lagern anderer Geschäfte der Shopping-Mall befanden sich auch die Lagerräume ihrer Boutique für kostspielige Frauenwünsche in den Kellerräumen des großen Gebäudes. Mit einem geräumigen Fahrstuhl waren diese Kellerräume schnell und bequem zu erreichen und das auch schwer beladen mit Waren. Im ihrem Lager befand sich auch ein kleiner Werkraum, in dem, wenn nötig, Kleidungsstücke repariert, gereinigt oder gebügelt wurden. Solche Arbeiten wurden meist nach Ladenschluss ausgeführt. Petra hatte schon mehrfach meist abends Laute gehört, wenn sie dort unten beschäftigt war. Verführerisch klingende

Töne waren das. Sie hatte diese Geräusche teils amüsiert, teils verärgert Angestellten des Hauses zugeordnet. Hatte gemeint, dass in diese abgeschiedenen Räumlichkeiten sich ein Paar geschlichen habe, um sie für ein Schäfer-stündchen zu nutzen. Dann aber wurde bei derartigen Kelleraufenthalten hinter ihr her gepfiffen. Petra ist durchaus eine reizvolle Erscheinung und sie weiß das, ja muss das ihres Berufes wegen auch gebührend zur Geltung bringen. Dass ihr nachgepfiffen wird, ist sie gewohnt, findet es primitiv und weiß sie es doch als Kompliment zu verbuchen. Hier jedoch, in diesen abseitigen Räumen und quasi aus dem Hinterhalt in dieser Weise angemacht zu werden, brachte sie zu der Überzeugung, Zielscheibe eines jener verklemmten Männer zu sein, die sich attraktiven Frauen nur auf solche Weise zu nähern wagen und sogar Befriedigung empfinden, wenn sie damit Schrecken verbreiten. So bedauernswert sie solche Menschen auch findet, scheint es ihr doch ratsam, ihnen mit Vorsicht zu begegnen. Auch mit aus Mitgefühl resultierendem Verständnis muss man maßvoll umgehen. Es soll doch durchaus schon vorgekommen sein, dass sich ein solch Bedauernswerter in einer Verfassung aus Frust oder Wahn dem Objekt seiner Begierde in so unangenehmer Weise genähert hat, dass schließlich es diese Zielperson war, die es zu bedauern galt.

Petra suchte darum den Wachdienst des Centers auf. Der Wachhabende der Security war erfreut über die Gelegenheit zu einem Flirt. Als sie jedoch ihr Anliegen vorbrachte, schien er verlegen und verwies sie an die Centerleitung, nur dort könne über eine Änderung oder Verstärkung der Sicherheitsmaßnahmen entschieden werden könne. Sie sprach also im Büro des CEO vor.

Einfach war das nicht. Nach einer längeren Diskussion, in der sie die Sekretärin des viel beschäftigten Mannes von der Dringlichkeit ihres Anliegens hatte überzeugen können, wurde sie für einen Termin in der folgenden Woche vorgemerkt. Bis dahin versuchte sie die Kellerräume in den Abendstunden zu meiden. Zweimal jedoch wurde sie auch am Tage von den irritierenden Geräuschen erschreckt, beim zweiten Mal meinte sie sogar mit ihrem Namen gerufen zu werden.

Das Gespräch mit dem Centerleiter verlief zu ihrem Erstaunen vielversprechend. Es sollten ab sofort Securityleute zur Überwachung des Keller- und Lagerbereichs eingesetzt werde. Petra musste allerdings verbindlich zusagen, hinsichtlich dieser Vorfälle absolutes Stillschweigen zu bewahren. Das machte sie neugierig. Es war auffällig, so eindringlich zur Verschwiegenheit angehalten zu werden. Sie befasste sich darum eingehender mit dem Securitychef. Eigentlich war der nicht nach ihrem Geschmack. Doch es war leicht, ihm ein Geheimnis zu entlocken. Er hielt sich selbst für unwiderstehlich, wusste nicht nur die Ergebnisse seiner regelmäßigen Fitnessübungen gekonnt zur Schau zu stellen, sondern war auch stets darauf bedacht, den Inhalt seiner Hose ins rechte Blickfeld zu rücken. Dumm war er nicht, doch derart egozentrisch, dass es Petra nicht schwer viel, sein Vertrauen zu gewinnen. Wie sie erfuhr, war sie nicht die einzige, die in der beschriebenen Weise dort im Keller belästigt worden war. Auch andere Frauen vor ihr hatten es als Bedrohung empfunden und hatten sich ebenfalls beschwert. Nun also wurde etwas unternommen. Durch die verstärkte Präsenz von Wachleuten fühlten die Frauen sich sicherer. doch Geräusche der beschriebenen Art wurden immer noch vernommen. Untersuchungen verliefen stets ergebnislos.

Von Petra wurden die Vorgänge inzwischen als absurde Normalität hingenommen, denn wirklich passiert war ja nichts.

Dann jedoch nahm das Phänomen neue Formen an. Petra hatte an mehreren Kleidungsstücken eine Reihe eiliger Änderungen vornehmen müssen und war recht angespannt. Als wieder einmal die bekannte Stimme ganz in ihrer Nähe ihren Namen flüsterte, sie auf schlüpfrige Weise zu locken versuchte, platzte ihr der Kragen und ihr entfuhr es: "Verflucht noch mal! Scher Dich endlich zum Teufel, Du Widerling!" Die Reaktion war neu und erschrek-kend. Plötzlich stürzten Regale um, flogen Kleider durch den Raum und das Tohuwabohu wurde von so lautem Geheul begleitet, dass der jungen Frau die Ohren schmerzten.

Petra hatte sich bisher immer als mutig erwiesen, nun jedoch verließ sie schreiend den Raum. Der herbei geeilte Wachmann sah noch ein Kleid fliegen, dann herrschte Ruhe in dem total verwüsteten Raum. Einen körperlichen Schaden hatte Petra zwar nicht erlitten und doch fühlte sie sich tagelang unfähig ihrer Arbeit nach zu gehen. Während eines Einkaufsbummels in der Innenstadt traf sie zufällig einen der Wachleute. Von ihm erfuhr sie bei Torte und Kaffee endlich mehr.

Das Einkaufszentrum wurde ja auch nachts bewacht Wenn ansonsten niemand mehr im Haus war, saßen zwei Securityleute in der Sicherheits-zentrale. Auf Monitoren waren Einblicke in alle Bereiche des Gebäudes möglich, trotzdem gehörte es zur Aufgabe der Wache, in regelmäßigen Abständen Rundgänge durchzuführen und die verschiedenen Kontrolluhren zu aktivieren. Dieser Nachtdienst wurde trotz des Lohnzuschlags von den Kollegen nur äußerst ungern übernommen. Die unerklärlichen Ereignisse schreckten auch sie.

Allzu häufig waren sie Zeuge geworden von Vorgängen, die nicht nur unerklärlich, sondern auch beängstigend waren. Auf den Monitoren huschten Schatten hin und her, Geräusche, teils menschlicher, teils unbekannter Natur waren zu hören und in den Gängen wehte ein Wind, dessen Ursache nicht auszumachen war. Obwohl noch niemand zu sichtbarem Schaden gekommen war, versahen er und seine Kollegen ihren Dienst nicht ohne Furcht. Sie eilten zu den Kontrollterminen zu zweit im Laufschritt von Uhr zu Uhr und verbrachten die übrige Zeit in ihrer verschlossenen Zentrale.

Natürlich waren schon Nachforschungen angestellt worden. Es hatte sich heraus gestellt, dass das Gebäude auf dem Grund eines alten jüdischen Friedhofs errichtet worden war. Das Gelände und die Gräber waren schon vor Dreiunddreißig mehrfach von randalierenden SA-Leuten geschändet worden. In der Zeit des tausendjährigen Reiches hatte man den Friedhof dann bewusst eingeebnet und den Platz als Aufmarschfeld bei national-sozialistischen Massenveranstaltungen genutzt. Während der Fliegerangriffe waren auch hier wie überall im Zentrum Bomben nieder gegangen, die hatten den Grund erneut aufgerissen. Nach dem Krieg dann hatten auf dem Gelände eine Menge Leute in Nissenhütten und anderen Notunter-künften gewohnt, Ausgebombte zuerst und später auch Flüchtlinge. Lange noch war eine ganze Reihe dieser einfachen Häuschen bewohnt. So ein Behelfsheim war als Unterkunft mehr als einfach aber beliebt, denn nur die Jahrespacht für den Grund war zu zahlen und das war nicht viel. Die Stadtverwaltung bemühte sich jahrelang, das Gelände einer anderen Nutzung zu zu führen. Das zog sich hin, denn kaum jemand gab sein Wohnrecht auf. Letztendlich aber war die Behörde doch erfolgreich. Denn das Wohnrecht war nicht vererbbar und die, die es besaßen waren sterblich. Sobald der letzte Bewohner sein Behelfsheim verlassen hatte, wurde das Gelände für eine erfolgreiche Vermarktung hergerichtet. Mit seiner zentralen Lage war es ein so genanntes Sahnestück. Hinsichtlich Elektrizität, Gas, Wasser und Kanalisation war es voll erschlossen, schien unbewohnt und konnte schon bald einem solventen Investor zu günstigem Preis anhand gegeben werden. Der große Betonbau für das Einkaufszentrum wurde errichtet. Für das Stadtbild war es kein Gewinn, die Transaktion füllte aber den Stadtsäckel für eine begrenzte Zeit, der Grundbesitz der öffentlichen Hand dagegen wurde auf Dauer verringert. Einen enormen Gewinn machte der Käufer und vielleicht wurde auch das Gehalt des einen oder anderen Entscheidungsträgers ein wenig aufgebessert.

Niemand aber ahnte, dass das neu errichtete Gebäude schon lange vor der endgültigen Fertigstellung von einer ungebetenen Schar dauerhaft besetzt worden war.

Kellinghusen

Erzählungen über Ereignisse mit mystischem, esoterischem oder religiösem Hintergrund gegenüber war ich immer kritisch eingestellt, habe mich jedoch gleichzeitig stets bemüht, ihnen offen und mit Respekt zu begegnen. Nie habe ich leichtfertig Berichte über Begebenheiten dieser Art als Unsinn abgetan. Allerdings konnte und kann ich auch deren Existenz nicht bezeugen, da ich eine entsprechende Erfahrung selbst nie gemacht habe. Glauben war und ist meine Sache nicht. Doch übernatürlich scheinende Ereignisse sind auch mir schon begegnet. Ich hoffe, sie irgend-wann erklären zu können. Bis dahin jedoch kann ich es einfach so hinnehmen, dass ich nicht über Kenntnis und Mittel verfüge, sie zu erklären.

Madeleine war durch ihren Psychotherapeuten in Hypnose mit ihren pränatalen Erfahrungen konfrontiert worden. In einer Reihe von Sitzungen hatte sich die folgende Geschichte heraus gebildet.

Madeleine hatte, natürlich unter anderem Namen, im achtzehnten Jahrhundert in Kellinghusen unter dramatischen Umständen ihrem Leben selbst ein frühes Ende bereitet.

Kellinghusen ist eine Kleinstadt mit Geschichte in der ehemaligen Grafschaft Holstein und liegt nur etwa sechs Meter über dem Meeresspiegel. Aus diesem Grunde erfährt das Flüsschen Stör, das den Ort durchfließt, hier noch einen Tiedenhub von bis zu eineinhalb Metern. Mit leichten Booten ist der Fluss von der Elbe aus bis hierher schiffbar. Die Geschichte des Ortes reicht mehr als tausend Jahren zurück. In vorchristlicher Zeit hielten die Holsteiner hier, an der rundum deutlichsten Erhebung, ihr Goting ab. Auch eine wirtschaftliche Bedeutung erlangte der Ort schon recht früh.

Durch die reichen Tonvorkommen waren die orts-ansässigen Töpfereien schon früh weit über die Region hinaus bekannt. Seit dem Mittelalter waren Fayencen aus Kellinghusen vor allem in Dänemark sehr begehrt und sorgten an der Stör für Wohlstand.

In ihrem pränatalen Leben hatte Madeleine in Dänemark gelebt und war schon vor ihrem vierzehnten Lebensjahr einem wesentlich älteren Kopenhagener Kaufmann zur Frau gegeben worden. Ihr Vater, ein Bankier, hatte ihr die Vorzüge dieser Heirat vergeblich überzeugend darzustellen versucht. Letztendlich hatte er sie mit einem patriarchalen Machtwort genötigt, ihren Ehemann seinen Vorstellung gemäß zu wählen. Das jedoch lag nun schon einige Jahre zurück. In Kellinghusen hielt sie sich auf, weil sie ihren Gatten auf seiner Geschäftsreise begleitete. Er hatte die holsteinische Stadt wegen des Ankaufs von Töpferwaren schon häufiger aufsucht. Nicht zuletzt hatte ihn der einträgliche Handel mit der Fayenceware von der Stör das nicht unbedeu-tende Erbe seines Vaters mit den Jahren vervielfachen lassen. Er war ein reicher Mann, der sich jedoch nicht auf seinem Erfolg ausruhte mochte, sondern immer noch rührig und mit Disziplin seiner Arbeit nachging. Seine höchste Befriedigung fand er im weiteren Mehren seines ansehnlichen Besitzes, dem er nicht zuletzt auch seine schöne junge Frau zurechnete. Es war ein längerer Aufenthalt geplant, da er die Herstellung einiger Sonderanfertigungen selbst überwachen wollte. Aus diesem Grunde verbrachte er viele Stunden in der Manufaktur.

Es war ihm recht, dass eine Ehefrau derweil Zerstreuung suchte. Sie fand sie bei Bootsfahrten auf dem Fluss. Dabei verlor sie jedoch nicht nur ihre Langeweile. Es war der Sohn der Wirtsleute, der sich für die elegante Dame aus Kopenhagen in die Riemen legte. Er kannte den Fluss genau und suchte mit ihr die schönsten Uferstellen auf.

Mit der Ebbe ging es zügig stromabwärts der fernen Elbe zu. Den Rückweg erleichterte ihnen das auflaufende Wasser. Dazwischen war Zeit genug für eine Rast. Für eine leichte Malzeit im Freien war alles vorbereitet und in einem Korb verstaut An einer seichten Stelle trug der kräftige Jüngling die Dame ans Ufer. Obwohl die Frau alles tat, den Anschein zu erwecken, sie suche Distanz zu wahren, entging es dem jungen Manne nicht, dass ihr seine Berührungen keineswegs unangenehm waren. Nachdem er sie im Schatten der Uferweiden sanft zu Boden hatte gleiten lassen, ließ sie es zu, dass der Jüngling kniend an ihrer Seite blieb und wehrte es nicht, als er die Bänder ihrer Haube löste. Da war es bis zum ersten Kuss nicht weit und bald schon wurden nicht nur die restlichen Bänder gelöst. Sie war eine junge, eine schöne Frau und er ein junger Mann voll Saft und Kraft, beide etwa im gleichen Alter. Trunken war jeweils eines von den Reizen des anderen und im Rausche vergaßen sie Raum und Zeit. Verständlich, dass es bei dem einen Ausflug nicht blieb.

Es war eines dieser Jahre, in denen der Sommer endlos erscheint. Warm und trocken war das Gras und vom Wasser her machte Kühle die Hitze erträglich. Im Boot saß die junge Frau in ihrem schneeweißen Kleid sittsam aufrecht auf der hinteren Bank, während er in blauweiß gestreiftem Fischerhemd als Ruderknecht sich fleißig in die Riemen legte. Mit einem ebenfalls weißen Sonnenschirmchen verwehrte sie der Sonne Zugang zu den wenigen Stellen unbedeckter Haut ihres Körpers. Das änderte sich abrupt, sobald die letzten Häuser außer Sicht waren und der Fluss wenig einsehbar durch sumpfiges Grasland floss.

von Uferweiden und Reet boten nun Schutz vor neugierigen Blicken. Wenn endlich der Kahn ans Ufer gezogen wurde, waren das Kleid bald sauber gefaltet und mit Hut und Schirm an sicherer Stelle gelagert und der junge Mann scheute die Mühe nicht, die restlichen Kleidungsstücke schnell und mit Sorgfalt zu entfernen.

So konnten bald schon er und die Sonne die feine Haut und alle Rundungen des Körpers dieser jungen Frau ungestört betrachten, ja auch berühren. Es müsste nicht erwähnt werden, dass es dabei nicht blieb. So viel vielleicht noch, im Folgenden erfuhren die jungen Leute von Mal zu Mal neue Erfüllung. Mit kindlicher Neugier gingen sie daran, die Geheimnisse des jeweils anderen Körpers zu erkunden und nutzten dazu alle Sinne. Nur kurz ließen sie für eine kleine Stärkung oder ein erfrischenden Bad von ihren Studien ab und mit jeder neuen Erfahrung wuchs ihr Wissensdurst. Im Norden sind die Tage lang zu dieser Jahreszeit. Noch um die zehnte Stunde kann man ohne Licht bequem seinen Weg finden. Es fiel den beiden nicht leicht, ein Ende zu finden und von Tag zu Tag wurde es ihnen schwerer, von einander zu lassen.

Der Ehemann war stets bis in die späten Abendstunden beschäftigt. Meist beaufsichtigte er das Verpacken der gekauften Ware, verbrachte aber auch viel Zeit in der Töpferei. Zu Mittag speiste er oft mit dem Besitzer der Manufaktur, dessen Weib eine vortreffliche Küche zu führen wusste. Nicht nur, dass ihn die Abwesenheit seiner Angetrauten nicht störte, er war froh, dass sie ihn nicht mit Wünschen nach Unterhaltung in seinen Unternehmungen behinderte. Unleidlich wurde er allerdings, als es sich zum zweiten Male zutrug, dass seine junge Frau sich zum Abendbrot bei den Wirtsleuten um eine erhebliche Zeit verspätete, er hielt sehr auf Pünktlichkeit und Disziplin.

Die gleichzeitige Abwesenheit des jungen Mannes aber kam ihm erst recht ins Bewusstsein, als sich das Gerücht breit machte, dieser sei mit der Dänin beim Liebesspiel in der Marsch gesehen worden. Nun ging er mit seinem Weibe scharf ins Gericht. Trotz heftigsten Drängens und Drohens konnte er der jungen Frau jedoch nichts weiter als Tränen entlocken. So ließ er nicht nur zu, dass der Rat sich der Sache annahm, sondern sah das als in seinem Interesse gehandelt.

Für die Stadt hatte das Geschäft mit dem Dänen Bedeutung. Man setzte also alles daran, dem Ehemann genüge zu tun. Der junge Mann wurde gerufen, verhört und, als er eine Aussage verweigerte, arretiert. Der Augenzeuge, der im Krug wohl eigentlich nur eine gute Geschichte hatte erzählen wollen, suchte den hohen Herren zu gefallen und bezeugte bei einer Gegenüber- stellung vor den Autoritäten, er habe eben diesen jungen Mann gesehen. Ja auch genau diese Dame, doch sei sie nicht wie jetzt so reich gekleidet gewesen, sondern völlig nackt habe er sie sehen können. Unbekleidet sei auch der Jüngling gewesen, der habe sogar seine Manneskraft schamlos zur Schau gestellt. In diesem Zustand hätten sie sich einander neckend gejagt, hätten getanzt mit einander und schließlich brunstig sich im Grase gewälzt. Unzüchtig und nicht wie anständige Christenmenschen wären sie dabei verfahren, nein, bar jeder Scham und Hemmung wären sie nach Art der Hunde und Katzen mit einander umgegangen, wobei mal das eine, mal das andere zuunterst gewesen sei. Selbst im Stehen hätten sie sich der Wollust ergeben. Sie habe dabei ihre schlanken Beine um seine Hüften geschlungen. Seine Augen habe er in Scham und Entsetzen abgewandt. Trotzdem wäre er Zeuge des frevelhaften Tuns geworden.

Wollüstige Laute seien bis zu ihm hin nicht zu überhören gewesen. Die Richter ließen mit ernsthafter Anteilnahme sich jede Einzelheit ausführlich schildern. Wie er mit geschlossenen Augen die Details so gut habe beobachten können, fragten sie nicht.

Der gehörnte Ehemann sagte sich los von seiner Frau. Er bedachte nicht, dass ihm doch nichts entgangen war. Neben seinen Geschäften hatte er nicht Zeit und Kraft gefunden, sich seinem jungen Weib zu nähern. Auch zog er nicht ins Kalkül, dass ihm die Amourette hätte den Erben bescheren können, den zu zeugen er sich schon seit Jahren erfolglos bemüht hatte. Er gab sich ganz dem Gefühl hin, sein Eigentum sei widerrechtlich genutzt und entwertet worden.

Er wusste, der vom Rat verfasste und besiegelte Bericht würde dem Gericht in Kopenhagen für eine Scheidung reichen, und sicher war er sich auch, dass ihm die Mitgift zugesprochen und ihm jegliche Ablösezahlung erlassen würde. Ohne Bedenken war er bereit, die junge Frau mittellos und ohne jeden Schutz ihrem Schicksal zu überlassen. Dass er dem Rat empfahl, von einer weiteren Bestrafung der Ehebrecherin abzusehen, mehrte dieser Großherzigkeit wegen sein Ansehen.

Die Sünderin aber wurde von einer johlenden Menge aus der Stadt getrieben. Tage später fand ein Schäfer die Leiche der jungen Frau am Ufer der Stör. Angeschwemmt worden sei sie genau an der Stelle, an der die Liebenden gewöhnlich ihren Kahn an den Weiden befestigt hatten, erzählte man sich noch lange. Noch heute suchen nur die mutigsten Liebespaare diesen Ort auf. Denen jedoch werden die Freuden des Beisammenseins mit romantischem Schauder gewürzt.

All das hatte Madeleine in Hypnose berichtet. Ihr Therapeut hatte alles auf Tonband festgehalten.

88

Worte in dänischer Sprache aus Madeleines Mund waren da zu hören, obwohl sie sich nicht einer einzigen dänischen Vokabel entsinnen konnte. Madeleine ist in Bremen aufgewachsen. Sie studierte in jener Zeit Biologie, war keineswegs spökenkiekerisch, sondern eine sehr intelligente junge Frau, ganz und gar der Wissenschaft zugetan und darüber hinaus überaus reizvoll. Letzteres war hinsichtlich dieser Geschichte wenig, für mich jedoch um so mehr von Bedeutung.

In Kellinghusen war Madeleine zuvor nie gewesen und doch konnte sie nicht nur das Innere der St. Cyriacus Kirche detailliert beschreiben, sondern kannte sich erstaunlich gut in den verschiedensten Winkeln des Ortes aus.

An einem Wochenende im September habe ich mit ihr das Städtchen an der Stör aufgesucht. Gemeinsam gingen wir den von ihr in Hypnose gemachten Aussagen nach. Sie hatte alles korrekt aufgelistet und wir konnten sie nach den Inspektionen fast alle als bestätigt abhaken. Nur dass sie Sankt Cyriacus turmlos beschrieb, erschien uns anfänglich mit der Wirklichkeit unvereinbar. Doch auch das klärte sich auf, als wir der Sache nachgingen. Der Küster erklärte uns, im Jahre 1686 war die Kirche nach einem Blitzschlag völlig ausgebrannt. Sie wurde zwar bald schon wieder instand gesetzt, doch fehlte lange das Geld für den Turm. Vierzig Jahre später erst konnte dieser Mangel behoben werden.

Es waren recht schöne Herbsttage. Wir haben nicht nur die Sehenswürdigkeiten des alten Städtchens besichtigt, sondern auch ausgedehnte Spaziergänge in die nähere Umgebung unternommen. Natürlich sind wir auch auf der Stör den Spuren der Liebenden gefolgt, haben uns ein Kanu geliehen und es ihnen gleich getan.

Madeleine hatte mehrfach Déjavu-Erlebnisse.

Allem zum Trotze stand sie der Hypothese vom früheren Leben weiterhin sehr kritisch gegenüber. Allerdings war unmöglich von der Hand zu weisen, dass dies unglaubliche Phänomene barg, die nicht zu erklären und doch unabwendbar sie betrafen. Wie auch immer sie damit umging, von nun an waren sie Teil ihres Bewusstseins.

Ohne eine befriedigende Deutung war das nicht leicht zu ertragen. Der Wissenschaft verpflichtet versuchte sie, die Fundstücke zu ordnen, Zusammenhänge aufzudecken, Erklärungen zu finden. Das alles mit geringem Erfolg. Zögernd folgte sie endlich meinem Rat. Langsam wich die Verunsicherung mit der Erkenntnis, dass auch für Unerklärliches Platz sein kann in dieser Welt. Ihrer wissenschaftlichen Laufbahn hat das nicht geschadet. Unser Wochenende hat ihr nicht gleich zu der Einsicht verholfen, wohl aber erleichtert, den Weg dorthin zu finden.

Für mich waren es vor allem sehr schöne Tage, die ich als Statist in einem interessanten Stück an einem malerischen Ort mit einer äußerst reizenden Frau hatte verbringen dürfen.

Madeleine war und blieb mir eine liebe Weggefährtin. Befreundet waren wir und dort in Holstein auch etwas mehr. Dass ich, der ich doch mit esoterischen Dingen nicht viel am Hut habe, bereit war, mit ihr einem angeblich früheren Leben nach zu gehen, hatte sie für mich eingenommen. Mich hat nicht nur ihr reizvolles Äußeres, sondern nicht zuletzt ihre Beharrlichkeit und ihr Humor fasziniert.

Sie fand für das romantisch tragische Schicksal, das ihr zweihundert Jahre zuvor beschieden war, die Erklärung "nomen est omen". Verdankte sie doch der Vorliebe ihrer frankophilen Mutter für Marcel Proust den Namen Madeleine. So schien ihr diese Verstrickung in der Zeit vorbestimmt.

RAUHNACHT

Rauhnacht

Der Wald, das ist ein eigenartiger Landstrich. Gemeint ist nicht irgendeine größere, dicht mit Bäumen bestandene Fläche oder wie es der zweite Paragraph des Bundes-Waldgesetzes definiert: eine Grundfläche, die mit Forstpflanzen bestockt ist. Nein, gemeint ist Der Wald, in dem die Bavaria die Bohemia trifft und wo die Austria dann dort dazu kommt. Mitten hindurch verlaufen die Grenzen. Uralte Berge gibts dort, auf denen der Gneis an die Oberfläche tritt. Der Große Arber mit seinen fast tausendfünfhundert Metern ist von ihnen der höchste. Um nur siebzig Metern überragt er seinen Nachbarn, den Kleinen Arber. Es gäbe noch eine Reihe stolzer Höhen aufzuzählen, doch lässt sich das an anderer Stelle nachlesen.

In früheren Zeiten waren die meisten Bewohner seit Menschengedenken arm, die menschlichen, aber auch die Tiere. Denn, obwohl es strikt verboten war und verfolgt wurde, gingen nicht selten und nicht wenige der Zweibeiner mit dem Stutzen los, um hin und wieder auch einmal Fleisch auf dem Tisch zu haben. Etwas Geld konnte es ja auch einbringen, denn der eine oder andere Gastwirt nahm gerne einen Rehrücken oder die Keulen von einem Wildschwein. Ungefährlich wars nicht, doch lange Zeit eine der wenigen Möglichkeiten, an etwas Geld zu kommen. Auch das gehört zu den Gründen, warum sie meist verschlossen sind, die Menschen im Wald. Von einem, dem mit Vorsicht zu begegnen ist, heißt es oft, "der ist aus dem Wald". Die Polizeibeamten haben es nicht leicht hier. Das ist so, auch heut noch. Was Gutes hat man nie erwarten können von der Obrigkeit und hat es auch nicht.

Überall werden Geschichten erzählt vom Wald. Jagergeschichten von Wildschützen und Forstknechten sind das oder auch solche von frommen Einsiedlern und welche von Unholden und Wesen aus einer anderen Welt. Man hat stets festgehalten am Alten, am Herkömmlichen, an Traditionen und trotz aller Frömmigkeit auch an Heidnischem. So wird der dreizehnte Dezember, der Namenstag der heiligen Lucia, jener standfesten Jungfrau von Syrakus, als Tag der Wintersonnenwende begangen, obwohl dieses astronomische Ereignis erst am einundzwanzigsten stattfindet. Weil aber im dritten Jahrhundert, als Lucia in Syrakus lebte, der kürzeste Tag des Jahres tatsächlich auf den dreizehnten Dezember des Julianischen Kalenders fiel, galt dieses Datum bis zur der Einführung des Gregorianischen Kalenders für die winterliche Sonnenwende und hier im Wald blieb man halt dabei[2]. Die Luzie verkörpert hier aber nicht wie in Skandinavien die Freude des wiederkehrenden Lichts. Hier geht sie in der (um eine Woche vorverlegten) längsten Nacht des Jahres mit einem blutverschmierten Säbel umher, um böse Menschen zu schrecken und zu strafen.

In ähnlicher Weise haben auch die zwölf Rauhnächte mit Kalenderdifferenzen zu tun. Bauern, Fischer und Jäger, ja alle, die mit

---

[2] Der Julianischen Kalender, der von 45 bis 1582 galt, berechnete das Kalenderjahr mit 365,25 Tagen und ist damit um 10 Minuten und 40 Sekunden länger als der Gregorianische. Bis zu dessen Einführung durch Papst Gregor XIII. hatte das zu einer Verschiebung von zirka 10 Tagen geführt, was zu Schwierigkeiten bei der Bestimmung der beweglichen kirchlichen Festtage führte, zu der Sonnen- und Mondkalender genutzt werden.

Naturphänomenen in engem Kontakt standen, zogen lange noch bei ihren Entscheidungen den Mondkalender mit seinem 354 Tage währendem Jahr zu Rate. Gegenüber dem Sonnenjahr fehlen da jedoch ganze elf Tage oder zwölf Nächte. Diese so genannten verlorenen Tage legte man in die Zeit zwischen dem Weihnachtsfest und dem Fest der Heiligen Drei Könige. Vom sechsundzwanzigsten Dezember bis zum sechsten Januar also hat es die "Rauhnächte". In dieser Zeit steht die Welt der Geister offen und durch den Wald ziehen die Rauwuggerl, das sind finstere Dämonen mit Hörnern und grausigen Fratzen. An Weg- und Straßenkreuzen legen sie Steinkreise aus. Wer dort hinein gerät, wird aufs Peinlichste befragt nach seinen guten und bösen Taten.

Die Rauwuggerl können aber auch die Zukunft voraus sagen und wer mutig und ohne Fehl ist, kann es wagen, ihre Dienste in Anspruch zu nehmen. Es wird davor gewarnt, an diesen Tagen weiße Wäsche ins Freie zu hängen, denn die wird für des Besitzers Leichentuch verwendet und führt schon bald zu dessen vorzeitigem Tod.

Auch an einem lokalen Heiligen mangels nicht. Im elften Jahrhundert lebte ein Einsiedler im Bereich zweier Tausender, dem heutigen Predigtstuhl mit tausendundvierundzwanzig und dem Pröller mit tausendundachtundvierzig Metern Höhe. Engelmarus, so sein Name, wurde schon zu Lebzeiten verehrt. Bei Krankheit und anderen Nöten wurde er um Beistand und Hilfe ersucht, denn er war weise und kannte manches Kraut, das Heilung schaffte. Um Tausendsechzig etwa am Drei-Königs-Tag wurde er erschlagen und von seinem Mörder verscharrt. Erst in der Zeit nach Pfingsten sah der Pfarrer einer nahen Gemeinde, der am späten Abend im Wald unterwegs war, ein Leuchten im Gebüsch. Als er Reisig und Blätter beseitigte, erblickte er den frommen Mann tot aber völlig unversehrt. Vom Leichnam ging ein Leuchten aus, das den Wald ringsum erhellte. Als der Landesherr davon erfuhr, ließ er ihn holen, denn er wollte den wundertätigen Toten in seiner Hauskapelle bestatten. Die Zugochsen vor dem Wagen, der den Sarg des Einsiedlers trug, blieben an einer Stelle im Tal stehen und waren nicht zu bewegen, diesen Platz zu verlassen. So legte man dort das Grab an und der Graf ließ darüber eine Kapelle errichten. Bald schon zog es Scharen von Pilgern zu dem kleinen Gotteshaus und es entstand der Ort St. Engelmar. Noch heute wird dort jährlich am vierzehnten Januar, dem Namenstag des heiligen Engelmar, sein hölzernes Abbild im Wald versteckt. Alle beteiligen sich dann an der Suche. Ist die Statue dann wieder gefunden, wird der hölzerne Heilige im Triumphzug ins Dorf und an seinen Platz in der Kirche zurück geführt.

Es verwundert nicht, dass sich in einer Gegend, in der die Anderswelt so viele Spuren hinterlassen hat, auch heute noch Dinge ereignen, die einfachen Erklärungen nicht zugängig sind.

Vor wenigen Jahren wars, dass ein frisch vermähltes Paar aus dem Fränkischen beschlossen hatte, seine Flitterwochen im Wald und dort im Winter und im Schnee zu verbringen.

Die Liebenden quartierten sich in Sankt Engelmar in einem der hübschen Hotels ein, die seit den siebziger Jahren des vergangenen Jahrhunderts in dem einst so versteckt liegenden Ort entstanden sind. An Gastlichkeit ist kein Mangel und zum Skigebiet ist es nicht weit. In den ersten Tagen waren sie noch mit dem eigenen Wagen herum gefahren. Ihr Volvo schaffte mit Schneeketten ausgerüstet leicht auch sehr schwierige Strecken. Für die Fahrten zu den Pisten zogen sie allerdings den Bus vor. Am dreißigsten Dezember, an einem der verlorenen Tage also, waren sie zu einem ersten Ausflug zum Großen Arber aufgebrochen, nur zum Schauen. Am Arbersee hatten sie ausgezeichnet zu Abend gegessen und waren in äußerst guter Stimmung. Erst zum Abend hin hatten sie sich auf den Rückweg gemacht. Es war auf der Straße nach Bodenmais als plötzlich vor ihnen eine Person auftauchte. Bekleidet mit langem weißen Mantel, schwarzer Mütze und schwarzen Handschuhen stand sie mit weit ausgestreckten Armen mitten auf der Straße. Heiner, abgelenkt durch Zärtlichkeiten, die seine junge Frau ihm zukommen ließ, nahm die Gestalt erst spät wahr, trat dann aber voll auf die Bremse. Der Wagen schlitterte gefährlich auf der glatten Straße, kam dann aber gerade noch rechtzeitig am Straßenrand zum Stehen.

Nach einer Schockminute stieg der junge Mann aus, um die Person zur Rede zu stellen. Doch von der war nichts mehr zu sehen. Mit leicht gruseligem Gefühl stieg er kopfschüttelnd wieder ein. Anna hatte nichts gesehen, doch der Schreck saß ihr noch in den Gliedern. Heiner hielt sie umarmt und berichtete von seiner Vision. Es war kaum eine Minute vergangen, als sie ein tiefes, lautes Grollen vernahmen, das anhielt und immer stärker anschwoll. Heiner wollte nicht länger an diesem Ort bleiben. Als der Wagen über die vor ihnen liegende Steigung kam, sahen sie auf eine riesige Sperre aus Schnee und Geröll. Hier war eine gewaltige Lawine abgegangen und eine Weiterfahrt auf dieser Straße war unmöglich. Zitternd wendete Heiner das Auto. Auf einem erheblichen Umweg erreichten sie ihre Unterkunft.

Heiner ging diese Gestalt nicht mehr aus dem Sinn. Während der gesamten Rückfahrt erzählte er wieder und wieder wie sie wie aus dem Nichts aufgetaucht war. Selbst nach dem Duschen blieb ihm noch das Gefühl, dass alle Körperhaare sich sträubten. Erst langsam unter Annas Händen schien sich seine Gänsehaut zu glätten.

Fäkalien

Meine Kindertage verbrachte ich sehr frei in einem riesigen umzäunten Park besonderer Art. Wenn ich Schulfreunde mit nach Haus brachte, so waren sie meist beides, total begeistert wegen der großen Freiheit und angewidert, zu mindest am Anfang. Einige verabschiedeten sich so schnell wie möglich, andere blieben und hatten sich bald schon im gleichen Maße wie meine Eltern und ich an den Geruch gewöhnt. Auch für mich dauerte die Gewöhnungsphase jeden Tag, wenn ich aus der Schule nachhause kam, etwa zehn Minuten.

Wir, also meine Eltern und ich, lebten in einem Gebäude, ähnlich einer Villa der Gründerjahre im Stil der Backsteingotik gebaut. Es war sehr geräumig, viel zu groß eigentlich für drei Personen. Es gehörte als Dienstwohnung zum Amt dazu. Mein Vater bekleidete das Amt des Kläranlagen-aufsichtsbeamten. Die Anlage nahm ein riesiges Areal im Hammerbachtal in Anspruch und wurde von hohen Fichten und einem stabilen Maschen-drahtzaun nach außen abgeriegelt. Das Abwasser der Stadt floss aus den verschiedenen Kanälen der Stadtteile zur Vorreinigung in Sammelbecken zusammen, wo nach einander all der Abfall aus dem Abwasser entfernt wurde, der in der Mülltonne und nicht im Klo hätte entsorgt werden müssen. Es war eine der aufwändigen Aufgaben des Kläran-lagenaufsichtsbeamten und seiner Helfer, die einzelnen Sieb- und Filtersysteme zu überwachen und regelmäßig zu reinigen. Die Fundstücke wurden nach Material getrennt gelagert. Der überwiegende Teil ging nach einer gewissen Lagerung, die der Trocknung diente, in die Müllverbrennung. Manches jedoch war so skurril, dass mein Vater einen Raum hergerichtet hatte, um solche Stücke zur Schau zu stellen.

Neben Kinderspielzeug und Gebrauchsgegenständen aller Art gab es Portemonaies und Brieftaschen mit und ohne Inhalt, aber auch Schmuckstücke und Kunstgegenstände. Eines der Prachtstücke war eine aus Holz geschnitzte Madonna. Bei Wertstücken wurde der Fund natürlich dem Fundbüro der Stadt gemeldet, das sich darauf beschränkte, die Fundsache lediglich in ein Verzeichnis aufzunehmen, die Lagerung des Objekts jedoch bis zu einer eventuellen Rückgabe gerne meinem Vater überlies. Da sehr selten derartige Rückgaben von ihren Eigentümer eingefordert wurden, mir ist nur ein einziger Fall bekannt, fanden die meisten Stücke auf Dauer einen festen Platz in der Sammlung. Es gab tatsächlich hin und wieder Besucher, die von wem auch immer von der Ausstellung erfahren hatten und eigens wegen einer Besichtigung bei meinem Vater vorsprachen.

Dabei fand ein Ausstellungsstück immer besondere Beachtung. Es handelte sich nur um die Fotografie der Fundsache, doch die löste stets emotionale Reaktionen aus. Die Fotografie in einem schlichten weißen Rahmen zeigte einen Fötus im Entwicklungsstadium der vierundzwanzigsten Schwangerschaftswoche. Darunter war zu lesen, dass der hier abgebildete grausige Fund stellvertretend für mehrere seiner Art ausgestellt sei. Eine Zahl wurde nicht genannt. Natürlich hatte ein Fall wie dieser stets zu einer polizeilichen Untersuchung geführt. Doch, so weit mir bekannt, hat es nie ein Ergebnis in all den Fällen gegeben. Nachdem ich das erste Mal das Bild von diesem werdenden Menschen bewusst wahr genommen hatte und ich auch seine Bedeutung begriff, war mir dieses Bild lange gegenwärtig.

Organische Substanzen wurden zum größten Teil abseits in einer Deponie kompostiert. Das

Abwassers enthielt aber selbst nach der Belüftung im Berieselungsfeld noch so viel Schwebestoffe, dass sich in den angeschlossenen Staubecken Schlamm in großer Menge ansammelte. Diese zur weiteren Klärung angelegten Becken waren nicht ausgebaut, sondern nach Anlage eines einfachen Erdwalls im Talgrund entstanden. Sie reihten sich aneinander und nahmen einen großen Bereich des Tals ein. In den älteren Becken war der Schlamm mit einer dichten Grasnarbe bedeckt. Vor allem zum Ufer hin hatte sich an einigen Stellen Riet angesiedelt und dazwischen waren niedrige Weidenbüsche und verkrüppelte Birken zu finden. Es war eine regelrechte Urwaldlandschaft, die der Fantasie von abenteuerhungrigen Knaben reichlich Stoff bot. Natürlich war das Betreten dieser Bereiche lebensgefährlich und strengstens verboten. Das gesamte Areal der Staubecken war abseits der übrigen Einrichtungen der Kläranlage separat eingezäunt. Natürlich waren uns Durchschlupfmöglichkeiten an mehreren Stellen bekannt. Um unsere Forschungsreisen durchführen zu können, nutzten wir diese Löcher im Sicherheitssystem. Dabei waren wir uns der Gefahr durchaus bewusst, wenn wir in gehörigem Sicherheitsabstand im Gänsemarsch über die schwankenden Grassoden balancierten. Die Grasnarbe war nicht sehr dick und schwamm auf einem zähen Schlammbrei. An manchen Stellen gab es kreisrunde Löcher in der Grasdecke. An diesen Stellen lag der schwarze Schlamm offen da. Mit Schilfrohren, die wir in einander steckten, versuchten wir die Tiefe der Schlammschicht zu ergründen. Bis zu einer Tiefe von zirka acht Metern konnten wir keine feste Schicht ertasten. Mehr als vier derart verbundene Rohre konnte man nicht verwenden, die Messvorrichtung wurde zu instabil.

Doch reichte dieses Ergebnis ja auch völlig, um uns klar zu machen, dass niemand ein Versinken in diesen stinkenden Brei überleben konnte. Zu unserer Sicherheit trug jeder stets einen langen Stock bei sich, der sollte quer gelegt ein Versinken verhindern.

Anfänglich schrieben wir die Entstehung dieser kreisrunden Löcher geheimnisvollen, unbekannten Wesen zu, die sich in unserer Vorstellung in diesem Schlamm aufhielten.. Abscheulich und ekelerregend hässlich mussten sie sein, da sie doch diese schreckliche Umgebung als Wohnort bevorzugten, und recht groß mussten sie wohl sein, denn die Löcher hatten fast alle einen Durchmesser von mindestens einem halben Meter. Wir vermuteten die Anwesenheit drachenähnlicher Wesen. Während eines Gewitters, das uns an einem Herbsttag zu später Stunde in unserer Schilfhütte überrascht hatte, sahen wir mehrfach Flammen über dem Moorboden aufleuchten. Das bestärkte uns in der Annahme, es handele sich bei diesen Kreaturen um Drachen, wo doch nur diese Wesen die Fähigkeit besitzen, Feuer zu spucken. Bei aller Furcht, die wir verspürten, träumte doch jeder davon, einen solchen Drachen zu erlegen. Wir würden den Beweis erbringen, dass Lindwürmer keine Märchenwesen waren und dass es sie immer noch gab. Eine derartige Entdeckung würde uns die nötige Anerkennung in der Welt der Wissenschaft sichern. Ein weiterer Schulbesuch wäre auf dem Weg zu Ruhm und Anerkennung überflüssig. Nicht zuletzt aus diesem Grunde trugen wir unsere etwa zwei Meter langen Lanzen in diesem Gelände stets bei uns.

Irgendwann mussten wir einsehen, dass außer einer Reihe von Lurchen der gewöhnlichen Art und Größe, nur Eidechsen, Blindschleichen und vor allem Ratten hier ihren ständigen Wohnsitz hatten.

Auch die wahre Ursache der Löcher haben wir irgendwann entdeckt. Wir waren älter geworden und hatten das eine oder andere aus dem Schulunterricht behalten. In den Ablagerungen der Klärteiche fanden Zersetzungsprozesse statt, bei denen große Mengen Fäulnisgase entstanden. Im zähen Schlamm bildeten sich große Blasen, die, wenn sie bis zur Oberfläche gelangt waren, die Grasnarbe explosionsartig aufrissen. Nachdem wir das begriffen hatten, versuchten wir unsere Erkenntnis zu nutzen. Methan stellte den Hauptanteil dieser Fäulnisgase dar. Dass Methan ein guter Brennstoff ist, war uns bekannt und darum machten wir uns daran, diese brach-liegenden Energiequelle einer Nutzungsmög-lichkeit zuzuführen. Heiners Onkel hatte einen Schrotthandel. Bei ihm fanden wir einen verzinkten Wäschezuber. In den Boden dieses Gefäßes bohrten wir ein Loch, in das ein Wasserhahn mit Schlauchanschluss passte. Der wurde fachgerecht mit Harf und Mennige absolut dicht mit dem Bodenblech des Zubers verschraubt. Den Waschzuber deponierten wir nun umgedreht, das heißt mit dem Boden nach oben in eines der Löcher. Gegen Versinken sicherten wir ihn mit zwei langen Bohlen, die beidseitig vom Loch auf der Grasfläche auflagen. Um ein Kippen der Wanne zu verhindern, banden wir Seile an die beiden seitlichen Henkel, an denen waren schwere Steine befestigt Wie der Kiel eines Bootes sollten sie die Lage der Vorrichtung stabilisieren. Als wir nach drei Tagen den Wasserhahn öffneten, strömten tatsächlich einige Liter Gas aus dem Schlauch. Das ließ sich entzünden und verbrannte mit stark russender Flamme.

Zu Dritt hatten wir diesen zukunftsweisenden Weg für eine erfolgversprechende Energiegewinnung bereitet. Ruhm und Reichtum lagen vor uns.

Gemeinsam konnten wir zwar schon sechsund- dreißig Lebensjahre aufweisen. Leider reichte das nicht. Um an die nötigen Genehmigungen zu kommen, brauchten wir unsere Eltern.

Als ich meinem Vater den Sachverhalt schilderte, um ihn für unser Unternehmen zu gewinnen, bekam ich die erste und einzige Ohrfeige, die mir mein Vater je verpasst hat. Ich hätte doch um die Gefährlichkeit der Unternehmung wissen müssen, meinte er. Mir sei doch auf jeden Fall bekannt gewesen, dass es strengstens verboten war, das Gelände zu betreten. Ich nahm Ohrfeige und Ermahnung hin, ohne zu erklären, dass mir beides sehr wohl bewusst und bekannt gewesen sei. Ich unterließ es auch, auf unsere langjährige Erfahrungen, die wir im Umgang mit den Gefahren dieses Geländes hatten sammeln können, und die darauf beruhenden Vorsichtsmaßnahmen, die wir getroffen hatten, hin zu weisen.

Horst und Heiner haben zuhause ähnliche Erfahrungen machen müssen. Unser Traum von einer erfolgreichen Vermarktung unserer Entdeckung blieb ein solcher. Unsere Väter waren an der Realisierung nicht interessiert. Aber so sind die Alten. Immer heißt es: Schuster bleib bei deinem Leisten. Willst du was erreichen, darfst du das Risiko nicht scheuen. Risikofreudig waren wir - damals.

DIE WEISSE FRAU

Die weiße Frau

Abseits der Stadt aufzuwachsen, in einem Haus umgeben von Garten, Wiese, Feld und Wald, mit Hühnern, Kaninchen, Katzen und einem Hund, wer würde sich das nicht wünschen für seine Kindern. Boris und Katrin hatten sich und, wie sie meinten, auch ihrer Einjährigen und den Ungeborenen diesen Wunsch erfüllt. Von einer kleinen Erbschaft hatten sie genau so ein Haus gekauft. Es lag abseits auf einem Berg und war nicht ganz neu. Einiges oder genau betrachtet, eine Menge musste gemacht werden. Darum konnten sie den Kaufpreis aufbringen, ohne einen Kredit aufnehmen zu müssen. Die meisten Renovierungsarbeiten haben sie dann gemeinsam durchgeführt, weil es kein Geld für Handwerker gab und weil sie Lust dazu hatten.

Katrin war mit Spaß und Eifer dabei. Wenn sie Seite an Seite mit Boris Fugen dichtete oder Wände anmalte, dann war sie sich ihrer Liebe zu ihm ganz besonders bewusst, nahm sie körperlich wahr. Sie erlebte staunend, wie ihr warm wurde ums Herz, wenn sie an ihm die gleichen Farbflecke entdeckte, die auch sie entstellten. Keine poetische Floskel war das, das war Leben. Und weil sie jung war, betrafen die körperlichen Empfindungen nicht nur die Region ums Herz herum. Unter ihrem Overall trug sie selten mehr als einen Slip, einen feuchten in solchen Momenten. Wenn dann noch Merle gerade schlief, blieb die Arbeit erst mal liegen und die beiden waren für eine Weile mit Bedacht und in äußerst intensiver Weise mit einanderen beschäftigt. Nach einem Jahr waren die meisten der notwendigen Arbeiten erledigt. Inzwischen waren sie zu viert auf ihrer wohnlichen Dauerbaustelle. Es hatte sich bei ihnen eine Arbeitsteilung eingestellt. Boris war vorrangig für die Arbeiten am Haus zuständig, während sich Katrin um Garten und Küche kümmerte.

Beide versuchten die dreijährige Merle und den kleinen Carlo so weit wie möglich zeitlich und nach Aufwand zu gleichen Teilen zu betreuen. Das ließ sich selbst hinsichtlich der Fütterung praktizieren, denn mit Muttermilch konnte der Säugling nicht gestillt werden, weil die bei Katrin nicht ausreichend floss. So nahmen beide sowohl Vater- als auch die Mutterrolle wahr und die Kinder von klein auf an allen Arbeiten der beiden teil. Die Kleinen beteiligten sich auf Grund dessen schon recht früh spielerisch, aber fachkundig an der Gartenarbeit oder beim Ausbau der Terrasse.

Merle zeigte sehr früh schon ein ausgeprägtes Interesse an Büchern. Sie erlernte spielerisch Schreiben und Lesen. Aus den Bücher malte sie die Buchstaben ab und erfragte dann die Bedeutung bei einem der Elternteile. Mit sechs bat sie nur noch um die Erklärung sehr schwieriger Begriffe wie zum Beispiel Bruttoregistertonne. Oft genug mussten Katrin oder Boris den Rat eines Lexikons einholen, um ihre Fragen beantworten zu können. Doch auch das machte sie bald schon alleine. Carlo dagegen zeigte eine ungewöhnliche Begabung im Umgang mit Lebewesen. Er führte in einer eigenen speziellen Sprache Unterhaltungen mit Käfern und Kohlpflanzen, lange bevor er sich fähig oder bereit zeigte, an menschlicher Kommunikation teilzunehmen. Immer wieder gab es erstaunliche Beweise für seine Verbundenheit mit jeder Form von Leben. In Carlos drittem Sommer wurde der Garten von einer Raupeninvasion heimgesucht. Auch in Carlos eigenem kleinen Gartenbeet waren seine Salatsetzlinge von der Plage befallen. Er hat bald bemerkt, dass diese Tiere seinen Pflanzen Schaden zufügten. Von da an saß Carlo mehrfach länger als eine

Stunde vor dem Beet und war damit beschäftigt, mit leiser Stimme auf die Raupen einzureden. Außer ihn selbst verblüffte das Ergebnis alle. Im Gegensatz zu den Pflanzen rundum wurde Carlos Salat kaum noch von den Raupen behelligt.

Carlo war es auch, der die vier Hühner zurück holte, die dem Fuchs nicht zum Opfer gefallen waren. Sie hatten sich auf den Kirschbaum retten können, wollten dann aber vor Angst nicht mehr herunter kommen. Er schaffte es nicht nur, die Hennen herunter zu locken. Nachdem er die traumatisierten Tiere lange gestreichelt und ausgiebig besprochen hatte, scharrten sie wieder wie gewohnt geschäftig auf dem Hof herum und gackerten freudig mit einander. Der prächtige Hahn, der sich stets mit stolz geschwellter Brust als kampfeslustiger Beschützer der Hühnerschar präsentiert hatte, saß noch einen weiteren Tag völlig verängstigt und beschämt auf einem der oberen Äste. Es war wohl der Hunger, der ihn wieder zurück auf den Boden holte. Allerdings vergingen noch eine ganze Reihe von Tagen, bis er wieder mit stolz erhobenem Haupt und in gewohnter Weise die verbliebenen Hennen zu beglücken wagte. Doch auch dann noch blieb der Eindruck, dass er nie wieder der Patriarch und anerkannte Führer seiner Schar wurde.

Carlo fand keinen großen Gefallen an der Schule und am Unterricht. Lesen und Schreiben konnte er, das hatte ihm seine Schwester beigebracht. Sie hatte inzwischen schon eine Klasse übersprungen und ging, obwohl sie vieles langweilig fand, gerne in die Schule. Da sie stets hilfsbereit und zudem kommunikationsfreudig war, hatte sie viele Freunde. Carlo war dagegen ein Aussenseiter.

Er gehörte nicht richtig dazu, da er meist mit sich selbst beschäftigt war. Bis zu seinem siebten Lebensjahr wurde er von einem Elternteil zur

Schule gebracht. Merle legte den Weg schon mit dem eigenen Rad zurück. Hin und wieder aber nahm sie auch noch den elterlichen Fahrdienst in Anspruch. Carlo dagegen bestand darauf, die drei Kilometer in die Stadt allein zu bewältigen, als er in die dritte Klasse wechselte. In der Regel fuhr er bewusst zu einer anderen Zeit als seine Schwester, um tatsächlich allein auf dem Weg zu sein. Auf dem Hinweg zur Schule war das Fahren relativ leicht, denn dann ging es bergab. Zurück aber musste das Rad auf etwa einem Kilometer der Strecke geschoben werden. Carlo ließ darum oft das Rad stehen und ging zu Fuß zur Schule. An manchen Tagen kam er besonders spät nachhause. Er war dann ruhig in sich gekehrt und auffallend gut gelaunt. Nach dem Grund befragt, schüttelte er nur lächelnd den Kopf. Katrin verlor die Geduld, als er eines Tages um mehr als drei Stunden zu spät zum Essen kam. Unmissverständlich machte sie ihm klar, dass es so nicht gehen könne, dass Boris und sie in großer Sorge seien, wenn er so lange nicht ausbliebe und so weiter.

Auch diesmal will er anfänglich keine Erklärung abgeben, kommt dann aber doch endlich mit der Sprache heraus: "Auf dem Weg, dort unten in der Kurve, treffe ich mich oft mit der weißen Frau. Dann reden und spielen wir meist mit einander. Heute war es sehr schön und ich habe ganz und gar die Zeit vergessen." Auch auf intensives Nachfragen kann er keine genauere Beschreibung der rätselhaften Person abgeben, die sich für das Spiel mit einem kleinen Jungen so verdächtig viel Zeit nimmt. Katrin fühlt sich durch diese Auskunft keineswegs beruhigt. Auch Boris erscheint die Geschichte in hohem Maße suspekt. Er beschließt, sich die geheimnisvolle Dame näher anzusehen. Er weiht Katrin in seinen Plan ein. Beide sind sie aber der Meinung, dass Carlo nichts davon erfahren darf.

Am Morgen, noch bevor Carlo losfährt, legt sich Boris in der Kurve auf die Lauer. Er hat offensichtlich die richtige Stelle gewählt, denn als Carlo die Stelle erreicht, steigt er vom Rad ab und dann scheint er jemanden zu begrüßen und einige Worte mit ihm zu wechseln. Nach ein paar Minuten steigt er wieder aufs Rad, fährt los und winkt zum Abschied. Boris sah und sieht nichts und niemanden. Einige Minuten bleibt er noch in seinem Versteck, geht dann zur Straße, inspiziert das angrenzende Gelände gründlich, findet auch hier nichts und keine Spur. Schließlich gibt er auf.

Am Nachmittag ist Boris wieder auf seinem Beobachtungsposten. Carlo kommt sehr pünktlich an der Kurve an. Sein Fahrrad hat er geschoben, ist darum offensichtlich verschwitzt und wohl auch ein wenig erschöpft. Der Zeit nach hat er sich sehr beeilt. Er setzt sich an den Straßenrand, springt aber plötzlich freudig auf. Es hat den Anschein, dass er jemanden begrüßt und sogar umarmt. Schließlich setzt er sich wieder und scheint sich nun mit einem unsichtbaren Gegenüber zu unterhalten. Es dauert vielleicht zehn Minuten, dann holt er drei Bälle aus seiner Schultasche und beginnt zu jonglieren. Boris hat Carlo bisher noch nie jonglieren sehen. Er wusste auch nichts von diesen Bällen. Das war vielleicht nicht sehr ungewöhnlich. Ungewöhnlich aber ist Carlos Fähigkeit, denn Jonglieren erlernt niemand ohne zu üben. Carlo hat zuhause nie geübt und er beherrscht diese Kunst offensichtlich gut. Nur zweimal gelingt es ihm nicht, alle Bälle zu fangen. Allerdings das, während er versucht, sich beim Jonglieren zusätzlich um sich selbst dreht. Etwa dreißig Minuten lang ist Carlo in dieser Art beschäftigt. Schließlich verabschiedet er sich von der imaginären Person und tritt den restlichen Heimweg an.

Nach Boris Bericht und eingehender Beratung kommen er und Katrin zu dem Schluss, nichts zu unternehmen. Die Heimlichkeiten ihres Sohnes sind offensichtlich nicht gefährlich, weder für ihn, noch für andere, und dass sie sich mit Carlos Eigenheiten abfinden müssen, haben sie lange schon begriffen. Es wurde auch nicht weiter darüber gesprochen. Carlo musste nur zusagen, nie länger als eine Stunde über die Zeit auf dem Heimweg zu verbummeln. Er hielt sein Versprechen und die Eltern waren zufrieden. Seines Spleens wegen waren sie nicht weiter besorgt, der schadete ja niemandem und würde sich gewiss schon mit der Zeit auswachsen.

Dann kam Carlo eines Tages, kurz nachdem er sich auf den Weg gemacht hatte, zurück. Atemlos erklärte er, heute gehe er nicht zur Schule. Merle dürfe ebenfalls nicht. Die weiße Frau habe ihm ganz dringend geraten, heute nicht zur Schule zu gehen.

Katrin redete beruhigend auf ihn ein und erklärte ihm, er brauche doch keine solche Geschichte zu erzählen, wenn er keine Lust habe, zu Schule zu gehen. Er wisse doch, er habe das Recht auf einen Tag Faulfieber und den könne er sich doch heute nehmen.

Dann trifft sie ein Blick aus Merles Augen und sie hält inne. Merle, die trotz ihres Hangs zur Realität, ihren kleinen Bruder noch nie kritisiert oder sich gar über ihn lustig gemacht hat, hatte ihren Schulranzen abgelegt. Sie blickt ihre Mutter ernst und besorgt an, nimmt Carlo an die Hand und zieht sich mit ihm ohne ein Wort in ihrer beider Zimmer zurück.

Katrin fühlt sich übergangen, sagt oder unternimmt jedoch weiter nichts.

Am späten Nachmittag ruft jemand von der Polizei an und fragt nach den Kindern. In der Schule hat es eine Gasexplosion gegeben.

Zum Glück war gerade Pause und die Kinder waren auf dem Schulhof, so gibt es unter ihnen nur einige leicht Verletzte. Eine Lehrerin, die sich im Gebäude aufgehalten hatte, hat Knochenbrüche und schwere Verbrennungen erlitten. Einige Kinder werden noch vermisst.

-

Unzertrennlich

Birte kommt gerade zur Tür herein, als das Telefon klingelt. Seit kurzem arbeitet sie wieder, hat eine Halbtagsstelle in einer Orthopädenpraxis. Heiner war von dem Entschluss seiner Frau, wieder einer regelmäßigen Tätigkeit nachzugehen, keineswegs begeistert. Sein Argument, vor allem die Kinder würden dann vernachlässigt, hatte Birte eine Weile zu schaffen gemacht. Inzwischen hat sie ihre Zweifel überwunden. Ihre Töchter Ute und Silke sind inzwischen sechzehn und achtzehn und in der Lage in den meisten Fällen selbst für ihre täglichen Bedürfnisse zu sorgen. Die unangenehmeren Erledigungen würden sie natürlich gerne immer noch ihrer Mutter überlassen. Aber die Veränderung trägt schließlich auch dazu bei, dass die Mädchen selbstständig und auch selbstbewusster werden. Birte war Medizinisch-Technische Assistentin in der Universitätsklinik. Mit Bedauern hatte sie damals der Kinder wegen ihren Beruf aufgegeben, mit der Überzeugung allerdings, dass es richtig sei. Als Vierzigjährige hatte sich ihr nun die Möglichkeit des Wiedereinstiegs geboten. Sie hat sie im Bewusstsein ergriffen, dass ihr nicht so schnell wieder solche Gelegenheiten geboten würden. Inzwischen gesteht sie sich auch ohne Gewissensbisse ein, dass sie es genießt, über selbst verdientes Geld zu verfügen.

Wie immer muss sie einige Zeit suchen, um das schnurlose Telefonteil des Festnetzanschlusses zu finden und wie immer schaltet sich der AB genau in dem Moment ein, als sie es endlich entdeckt hat. Es meldet sich eine sympathische Frauenstimme: "Ich habe Nachricht vom Tode des Ehepaars Urtson erhalten, die Sie interessieren dürften. Mit Sicherheit werden sie Ihnen zu neuen Erkenntnissen verhelfen. Ich werde Sie am späteren Abend aufsuchen. So gegen Halbneun, denke ich." Birte findet die richtige Taste und kann gerade noch ins Gespräch eingreifen: "Ich denke nicht, dass jemand von uns daran interessiert ist. Sie brauchen sich also nicht zu bemühen." Darauf die Frau am anderen Ende: "Ich muss und werde auf jeden Fall kommen, denn ich muss Ihnen mein Wissen mitteilen. Ich verlange weder Geld, noch sonst eine Gegenleistung. Bis heute Abend, also!" Und damit wird das Gespräch beendet.

Birte ist wütend, aber auch beunruhigt. Sie ruft Heiner an. Die Sekretärin versucht sie abzuwimmeln: "Herr Doktor Urtson ist gerade in einer Besprechung, ich werde ihn benachrichtigen, er ruft so bald wie möglich zurück, geben Sie mir bitte Ihre Telefonnummer." "Frau Hallson! Ich bin´s, Birte Urtson. Wenn es irgend geht, geben Sie mir meinen Mann!" "Oh, Entschuldigung, Frau Urtson. Ich habe Sie nicht erkannt. Kleinen Moment, bitte." Birte berichtet ihrem Mann. Heiner gelingt es sie zu beruhigen. Er verspricht, pünktlich nachhause zu kommen.

Der Tod der Schwiegereltern hatte vor fast genau zwei Jahren viele getroffen. Obwohl sie versucht hatten, den Beerdigungstermin geheim zu halten, war doch eine stattliche Anzahl Menschen gekommen, die nicht der Familie oder dem engen Kreis der Eingeweihten angehörten. Die Verstorbenen gehörten zu jener Sorte Mensch, die man nicht vergisst. Er hatte sich für jeden mehr als ausreichend Zeit genommen und für die Beschwerden seiner Patienten fast immer die rechte Therapie finden können. Der Weg zu ihm wurde jedoch von ihr aufs Strengste kontrolliert. Sie hat sich jedem eingeprägt, selbst wenn er nur telefonisch einen Termin hatte vereinbaren wollen. Wie Zerberus hütete sie den Zugang zu den Behandlungsräumen.

Selbst in hohem Alter war sie noch eine ansehnliche Erscheinung. Ihr schneeweißer Kittel saß stets wie maßgeschneidert, darunter die Perlenkette und eine weißen Bluse mit Spitzenkragen, die einen nicht zu tiefen aber deutlichen Einblick zuließ. Die oberen Kittelknöpfe waren stets geöffnet. Wer ihr nicht unangenehm aufgefallen war, das heißt, wer stets pünktlich seine Termine einhielt, dem verkürzte Frau Urtson die Wartezeit in liebenswerter Weise mit anteilnehmender Plauderei. Lutz war ein rundherum ausgeglichener Mensch und er konnte es sein, da seine Antje ihm in jeder Weise und mit Erfolg den Rücken frei hielt.

Auf einen Pfarrer hatten die Geschwister bei der Trauerfeier für ihre Eltern verzichtet. Heiner, der Sohn, hatte gemeint, angesichts der ungeklärten Umstände des Ablebens der Eltern sei die Anwesenheit eines Geistlichen nicht angebracht. Seine ältere Schwester, Elke, war wohl anderer Meinung gewesen, doch hatte sie sich auch in diesem Falle nicht durchsetzen können. Die Trauerrede in der überfüllten kleinen Friedhofskapelle hielt Hans Einsner. Er fand die richtigen Worte und sprach auch sehr ausführlich über die enge Beziehung der Verstorbenen zu ihren Enkeltöchtern. Die vier Mädchen, in ihren schwarzen Kleidern trotz ihrer Trauer eine Augenweide, hatten mit den Großeltern viel verloren. Die Enkelkinder waren Antjes vorrangige Freizeitbeschäftigung gewesen und Lutz hatte seinen Enkeltöchtern jeden Wunsch von den Augen abgelesen.

Herr Einsner schloss seine Rede mit den Worten: "Liebe Antje, lieber Lutz, dass Ihr uns so plötzlich verlassen habt, hat alle mit Bestürzung erfüllt. Doch Euer gemeinsamer Tod muss jedem als stimmig erscheinen, der Euch gekannt hat. Auch in unserer Trauer können wir nicht übersehen, es scheint wie der vollkommene Abschluss Eures Lebens nach dem langen gemeinsamen Weg."

Hinter den beiden Särgen aus geöltem Kiefernholz schritten weit mehr als hundert Personen. Lutz Urtson hatte in seinem Testament darum gebeten, dass, wenn er denn nicht kremiert werden würde, sein Körper der Erde ohne die Hinzufügung weiterer Schadstoffe übergeben werden solle. Auf die Verwendung von Kunstoff jeglicher Art war darum verzichtet worden. Einer Feuerbestattung hatte Antje wiederum entschieden widersprochen.

Es war ein extrem heißer Augusttag. Nicht nur die Sargträger kämpften erfolglos gegen die Schweißströme. Die Luft flirrte und zauberte zum Schein Pfützen auf die asphaltierten Wege. In der Ferne baute sich eine Gewitterwolke auf. Die Särge wurden von den Trägern gleichzeitig in das offene Grabe herab gelassen. Man hatte zu diesem Zwecke eine besondere Vorrichtung erstellt. Die acht Bestattungsgehilfen in schwarzer Robe mit Zylinder und weißer Halskrause verliehen der Zeremonie einen sehr feierlichen Charakter, obwohl sich auf Roben und Halskrausen unübersehbar große Schweißspuren zeigten. Ein Donnergrollen untermalte die Handlung wie inszeniert. Als plötzlich ungeheure Wassermassen herabstürzten, löste sich die Kondolenzprozession abrupt auf. Die Familienangehörigen nahmen es mit Erleichterung wahr.

Als sich in der Kapelle abzeichnete, dass die Zahl der Trauergäste die geschätzte um ein Mehrfaches übersteigen würde, hatte Heiner Urtson den Bestattungsunternehmer gebeten, geeignetere Räumlichkeiten für den Totenschmaus zu finden. Da aber nur sechsunddreißig Personen der Einladung gefolgt waren, war der Saal nun viel zu groß. Die Gäste verteilten sich weitläufig im Saal.

Herr Dr. Einsner war es, der, als mit dem Eintreffen weiterer Trauergäste nicht mehr zu rechnen war, die Initiative ergriff und die Anwesenden an eine gemeinsame Tafel bat. Die Tische wurden zu einem U zusammen gerückt.

Einsner kannte die Verstorbenen schon seit ihrer gemeinsamen Jugend und war in all den Jahren mit Antje und Lutz eng befreundet gewesen. "Ich denke, es wäre für uns und zu Ehren der Verstorbenen schön," wandte er sich an die Versammelten, "wenn jeder, der kann und mag, etwas erzählt über das, was ihn mit Antje und Lutz verband, was er mit ihnen erlebt hat.

Ich war mit Lutz in der gleichen Schule, er einen Jahrgang über mir. Die gleiche Schulbank habe ich auch mit Antje nicht drücken dürfen. Zwar war sie mein Jahrgang, doch Knaben und Mädchen wurden zu der Zeit nicht gemeinsam unterrichtet und sie besuchte natürlich die Mädchenschule. Kennen gelernt haben wir drei uns, wegen der gemeinsamen Vorliebe für angloamerikanische Musik. Das war damals verpönt und unter Umständen sogar gefährlich. Wenn wir einer HJ-Gruppe begegneten, galt es schnell das Weite zu suchen. Da wir meist unserer Anglophilie durch Kleidung und andere Äußerlichkeiten Ausdruck verliehen, wurden wir nicht selten von den Nazis als Swingkids erkannt. Wer aber von den Nazis erwischt wurde, hatte Glück, wenn er mit einem blauen Auge davon kam.

Hinter Antje war ich her, gleich nachdem ich sie zum ersten Mal gesehen hatte. Das jedoch stellte sich schnell als sinnloses Bemühen heraus, denn sie hatte nur Augen für Lutz und es dauerte nicht lange, bis auch die seinen außer Antje kein Mädchen mehr ansahen.

Vierundvierzig wurde Lutz zum Militärdienst eingezogen, ich noch Anfang fünfundvierzig.

Gerade von unserer Altersgruppe sind sehr viele gefallen. Wir haben beide den Wahnsinn glücklich überstanden. Als wir dann siebenundvierzig auch beide einen Studienplatz bekamen und den noch dazu in unserer Heimatstadt, war für uns endlich Frieden. Antje hatte inzwischen schon eine Ausbildung zur Medizinisch-Technischen Assistentin abgeschlossen und verdiente schon richtiges Geld. Das bedeutete jedoch nur wenig, weil mit Geld vor der Währungsreform nicht sehr viel anzufangen war. Antje konnte trotz oder wegen der schwierigen Umstände ihren Lutz davon überzeugen, dass eine Ehe von Vorteil sei. Die Trauung fand im Januar achtundvierzig in einer eiskalten Amtsstube statt. Alle Hochzeitsgäste hatten trotz winterlicher Vermummung rote Nasen.

Antjes Tante Helene trat den beiden dann ein Zimmer ihrer Wohnung ab, obwohl sie selbst nur noch über drei ihrer sechs Zimmer verfügen konnte. Das Jugendstilhaus hatte wie durch ein Wunder als einziges Gebäude im weiten Umkreis das Inferno des Bombenkrieges fast schadlos überstanden. In drei Zimmern ihrer Wohnung war eine vierköpfige Familie durchs Wohnungsamt eingewiesen worden. Die ungeheure Wohnungsnot hatte die Zwangsbewirtschaftung von Wohnraum erforderlich gemacht. Achtundvierzig, als Geld wieder Wert hatte, nahm auch der Wiederaufbau Fahrt auf. Erst dann wurde die Verordnung über Zwangseinweisungen zur Behebung der Wohnungsnot aufgehoben. Auch die Nissen-hütten und andere Behelfsheime verschwanden mit und mit aus dem Stadtbild. Man leistete sich was.

Auch Antje konnte sich mit ihrem Gehalt nun etwas leisten. Sie leistete sich einen Studenten. Lutz hatte sich ganz seinem Studium zu widmen. Darauf bestand sie. Nur während der Semesterferien durfte er mit Jobs etwas dazu verdienen.

Den gemeinsamen Lebensunterhalt hat Antje bestritten und das auch noch in der ersten Zeit, als Lutz seine Praxis schon eröffnet hatte. Auf eine Promotion hat Lutz aus der Überzeugung verzichtet, dass akademische Würden nur im akademischen Bereich Sinn und Berechtigung haben, im normalen bürgerlichen Leben aber nur der Eitelkeit dienen und auf dem Praxisschild allen Uneingeweihten eine Scheinkompetenz suggerieren. Zudem wollte er auch so schnell wie möglich Geld verdienen, um Antje zu entlasten."

Zögernd meldeten sich noch andere, die dem Ehepaar Urtson auf ihrem Lebensweg begegnet waren, denn einzeln hatte man Lutz und Antje nicht antreffen können. Antje hatte in höherem Alter oft und voller Stolz die Bemerkung fallen lassen, dass ihr Lutz und sie während der gesamten Zeit ihrer Ehe nur zwei Tage getrennt gewesen waren. Urlaubsorte und Fortbildungen hatten sie stets gemeinsam besucht und in der Praxis hatte sie ihm bis zuletzt zur Seite gestanden.

Lange schon hatte sie versucht, ihn für den Ruhestand zu gewinnen. Doch dem hatte er sich bis zu seinem Vierundachtzigsten erfolgreich widersetzt. Seinem Argument "Zur Gartenarbeit habe ich weder Lust noch Geschick, meine Arbeit dagegen mache ich mit Freude. Mein einziges Hobby ist meine Frau und der kann ich mich auch hier widmen" hatte Antje nichts Adäquates entgegen setzen können. Lutz hatte sich schlussendlich doch zur Aufgabe bewegen lassen.

Anwesende Patienten beklagten den großen Verlust, den sie schon jetzt empfanden, obwohl die Praxis erst seit wenige Monaten geschlossen war.

Die näheren Umstände des Todes der beiden kamen während der Trauerfeier nicht zur Sprache.

Das Ehepaar Urtson hatte schon im Vorjahr in Wittdün auf Amrum in einer Hotelanlage ein Apartment für einen ganzen Sommermonat gebucht. Zur Sommersonnenwende bezogen sie ihr Feriendomizil und waren, wie es auf den Postkarten hieß, die sie ihren Enkelkindern schrieben, dort "rundum zufrieden". "Das Wetter ist, wie auch bei Euch, hervorragend, das Essen ausgezeichnet, das Personal freundlich und die Mitbewohner sind angenehm zurückhaltend," ließen sie ihre Nachkommenschaft wissen und auch, dass Telefonate bitte nur im alleräußersten Notfalle geführt werden sollten.

Mitte Juli hatte ein Polizeibeamter der Polizei-dienststelle Nebel angerufen und mitgeteilt, das Ehepaares Urtson sei vermutlich ertrunken und ein Angehöriger müsse zur Identifikation nach Amrum kommen. Birte hatte das Gespräch entgegen genommen. Sie war derart schockiert, dass sie erst nach einer Weile in der Kanzlei hatte anrufen können. Heiner war gleich nachhause gekommen. Seine Prinzipien vergessend schenkte er sich zuerst einen Cognac ein und gewährte auch seiner Frau ein Glas. Beide kamen dann zu dem Schluss, dass vorerst niemand sonst in Kenntnis gesetzt werden solle. Heiner sollte nach Amrum fahren, um Klarheit zu gewinnen, bevor sie Elke oder die Mädchen unterrichteten.

Heiner kam erst nach zwanzig Uhr in Dagebüll an. Die letzte Fähre des Tages hatte bereits um halb sechs abgelegt. Trotzdem hatte er Glück, denn er bekam trotz Hochsaison im Strandhotel in unmittelbarer Nähe des Fährhafens ein Zimmer für die Nacht. Nach einer ausgezeichneten Butter-scholle und drei Glas Bier drehte sich das Gedankenkarussell in seinem Kopf endlich so langsam, dass er an Schlaf denken konnte. Er nahm die erste Fähre um sieben Uhr fünfzehn.

Ein und eine halbe Stunde später saß er schon einem Beamten der Nebeler Polizei gegenüber. Der erklärte ihm, warum die Familie erst jetzt informiert werden konnte.

Das Hotelpersonal hatte die Abwesenheit des Ehepaares nicht weiter beachtet. Es kam recht häufig vor, dass Hotelgäste die Insel für einige Tage verließen, um einen Ausflug nach Sylt oder aufs Festland zu machen. Auch wenn die meisten eine entsprechende Nachricht hinterließen, war es keineswegs außergewöhnlich, wenn eine derartige Benachrichtigung nicht erfolgte. Natürlich hatte sich die Nachricht vom Fund zweier Leichen im Norden in der Nähe von Norddorf auf der Insel in Windgeschwindigkeit verbreitet. Es war aber vorerst niemandem die Idee gekommen, das in einem Zusammenhang mit den Urtsons zu bringen. Erst der Aufruf der Polizei im regionalen Rundfunksender, in dem alle Ferienunterkünfte im Landkreis Nordfriesland um Mithilfe ersucht wurden, hatte Ole Hamsen, den Nachtportier dazu gebracht, die mehrtägige Abwesenheit des Ehepaares der Polizei in Wyk auf Föhr zu melden. Die Polizeidienststelle in Nebel hatte er mit Absicht übergangen. Er war auf die dortigen Beamten nicht gut zu sprechen.

Der Polizeibeamte in Nebel hatte Heiner dann verschiedene Fotos gezeigt, die von den am Strand von Norddorf angeschwemmten Leichen angefertigt worden waren. Heiner empfand es als glücklichen Umstand, nicht die Zeit für ein Frühstück gefunden zu haben. Der Anblick dieser stark entstellten Körper, die ja drei Tage lang im Salzwasser der Kraft der Wellen ausgesetzt gewesen waren, löste in seinem sympathischen Nervensystem sehr heftige Reaktionen aus. Bedeutend war dabei sicherlich der Gedanke, dass es sich hier um seine Mutter und seinen Vater handeln konnte. Ihm kam es so vor, als ob sein Magen mehrfach komplette Drehungen vollführen würde. Die Übelkeit war mit heftigen Schmerzen verbunden und das Wasser, das ihm der Beamte gereicht hatte, schien ihn gleich wieder verlassen zu wollen. Nur mit Mühe schaffte er es, es bei sich zu behalten und allmählich wurden die Magenkrämpfe schwächer.

Eindeutig konnte er seine Eltern anhand der Fotografien nicht identifizieren. Allerdings eröffnete ihm der Beamte dann noch, dass er zur Identifikation sowieso nach Husum müsse. Die Leichen wurden dort in der Pathologie aufbewahrt.

In Begleitung des Polizeibeamten suchte Heiner das Hotel seiner Eltern auf. Man begegnete ihm dort ungemein mitfühlend. Der Polizist ließ ihn auch das versiegelte Apartment durchsuchen. Da die Kleidung seiner Eltern, so weit er das beurteilen konnte, vollständig und unberührt in den Schränken vorhanden war, zudem auch Lutzens Brieftasche, einiges Bargeld und die LieblingsSchmuckstücke seiner Mutter im Hotelsafe lagen, bestand für Heiner kein Zweifel mehr. Bei dem im Meer ertrunkenen Paar musste es sich um Lutz und Antje handeln. Er teilte dies dem Beamten mit. Der Besitz seiner Eltern konnte ihm allerdings noch nicht ausgehändigt werden, da die Sachlage ja noch nicht endgültig geklärt war.

Heiner erreichte die Zwölf-Uhr-Fähre gerade noch rechtzeitig. Als sie in Dagebüll anlegte, war es bereits Halbdrei, denn sie hatte auch Wyk auf Föhr angelaufen. Heiner hatte den Ort schon fast verlassen, als er anhalten musste. Er fühlte sich schwach, seine Hände zitterten, die Straße erschien ihm verschwommen. Er war völlig unterzuckert. Zum Glück hatte er in direkter Nähe eines Camping-Restaurants angehalten.

Vor siebzehn Uhr musste er in Husum sein. Aber ohne einen Imbiss kam er nicht weiter. Heiner zwang sich zur Ruhe, trank einen Kaffee, aß Spiegeleier mit Toastbrot, nahm auch noch Kaffee und ein belegtes Brötchen für die Fahrt mit und saß nach weniger als zwanzig Minuten gestärkt wieder hinterm Steuer. Es ging an der Küste entlang, rechts der Deich und links die Wasserfläche des großen Speicherbeckens, dann auf die Landstraße, vorbei an Bredstedt und nach einer knappen Stunde hatte er Husum erreicht. Die Klinik im Erichsenweg war leicht zu finden. Sie befindet sich in der unmittelbaren Nähe des Schlossgartens. Die Polizei in Nebel hatte Herrn Dr. Urtson angekündigt, so dass er ohne Wartezeit von dem Pathologen und einem Kriminalbeamten empfangen wurde. Obwohl vorbereitet kostete es ihn große Überwindung in die entstellten Gesichter seiner Eltern zu blicken. Er konnte sie jedoch eindeutig identifizieren. Zudem erkannte er die goldene Uhr, die der Tote getragen hatte, als die seines Vaters.

Zuhause angekommen blieb ihm noch eine halbe Stunde bis Elke und Siegbert eintrafen, die Birte auf seinen Wunsch hin inzwischen informiert hatte. Elke erschien mit völlig verheulten Augen. Sie fiel ihrem Bruder in die Armen und ihre Tränen flossen erneut. Als sie sich ein wenig beruhigt hatte, lieferte Heiner seinen Bericht ab. In Husum hatte man gesagt, dass noch nicht alles geklärt sei, dass Fremdverschulden jedoch in beiden Fällen ausgeschlossen werden könne. Die festgestellte Todesursache bei beiden war Ertrinken im Salzwasser. Bei Lutz wurden zudem Anzeichen eines zeitnahen Herzinfarktes gefunden.

Nach längerer Stille brach Elke das Schweigen: "Ihr denkt ja wohl auch an Freitod bei den Beiden. Antje wollte ja nie von Vater getrennt sein. Ich denke, dass sie mit Absicht in den Tod gegangen sind." Birte schloss die Suizidvermutung aus, Heiner wies sie nur halbherzig zurück und Siegbert hatte wie immer keine Meinung. Darin jedoch waren alle einer Meinung, diese Vermutung auf keinen Fall vor den Kindern zu erwähnen.

Die Leichen wurden nach zwei Wochen freigegeben. Die Beerdigung erfolgte gleich nach der Überführung.

Am Tag dieses Anrufs hatte Heiner die Kanzlei früher verlassen. Er war schon um sechs nachhause gekommen, um Birte zu beruhigen und um sie nicht mit der geheimnisvollen Anruferin alleine zu lassen. So hatten sie, in der Woche eine Ausnahme, zu viert zu Abend essen können. Die Mädchen waren dann auf ihre Zimmer gegangen.

Als es Punkt Acht klingelt, sitzen Birte und Heiner schon seit einiger Zeit wartend im Wohnzimmer. Heiner öffnet die Haustür und steht einer nicht ganz jungen, überraschend attraktiven Frau gegenüber. Sie ist mittelgroß, schlank, trägt Jeans, halbhohe beige Wildlederstiefel, eine gleichfarbene Lederjacke und einen kirschroten Hut mit Krempe, der farblich zu ihrem Stehkragenpullover passt, darüber noch ein Schultertuch im gleichen Rot mit schwarzem Muster. Bevor Heiner etwas sagen kann, legt sie los: "Herr Urtson, ich kann mir vorstellen, dass Sie als Rechtsanwalt ein nüchterner Mensch sind, der wissenschaftlich nicht erfassbaren Dingen keinen Glauben schenkt. So war ich auch bis zu dem Zeitpunkt, als ich feststellen musste, dass ich ein Medium bin, dessen sich gelegentlich unbekannte Kräfte bedienen. Und glauben Sie mir, mir ist das durchaus nicht recht, denn angenehm ist das keineswegs." Mit ausgestreckter Hand wehrt sie jeden Einwand ab und redet ohne Pause weiter:

"Ich habe etwas über Ihre Eltern erfahren und kann mich von der Last, die mir daraus erwächst, erst wieder befreien, wenn ich den Auftrag erfüllt und mein Wissen an Sie weiter gegeben habe." Auf Heiners Einwand, er habe kein Interesse an derartigen Geschichten, sagt sie: "Bitte, hören Sie mich an. Ich werde mich so kurz fassen wie es geht. Ich brauche bestimmt nicht länger als zehn Minuten. Ich will nicht mehr von Ihnen, als dass Sie mir kurz zuhören, wirklich nicht mehr. Bitte!" Dabei wirkt sie gehetzt, aber sehr überzeugend. Dem mag sich Heiner nicht widersetzen: "Na gut, kommen Sie herein, Frau …?" "Danke, und ja, bitte, ich möchte anonym bleiben."

Den angebotenen Stuhl und auch den Cognac lehnt sie dankend ab. Nachdem sie Birte mit einem kurzen Kopfnicken begrüßt hat, steht sie einige Minuten still und mit geschlossenen Augen da. Als Birte den Anschein macht, sie anzusprechen, beginnt sie: "Ich bin, wie ich schon erwähnt habe, ein Medium. Das heißt, von Zeit zu Zeit werde ich von Kräften benutzt, die auch mir nicht näher bekannt sind." Sie geht nun, während sie spricht, langsam im Zimmer auf und ab.

"Mir wurden schon mehrfach Szenen aus dem Leben Verstorbener vor Augen geführt, oft Sterbeszenen. Immer waren es Botschaften an Hinterbliebene und solange ich so eine Nachricht nicht weiter getragen habe, belastet sie mich in quälender Weise. Von ihren Eltern habe ich vor Monaten schon erfahren. Es dauerte eine Weile, bis ich die Verbindung zu Ihnen heraus gefunden habe." Eine kurze Pause, dann nimmt ihr Gesicht einen angestrengten Ausdruck an und sie fährt fort: "Also: Ihre Eltern sind an jenem heißen Julitag in der Nähe ihres Hotels am Strand gewesen. Ihre Mutter, Antje war ihr Name, nicht wahr, ging weit hinein in die auflaufende Flut, um sich abzukühlen.

Kam eine Welle, war nur noch ihr Kopf mit der roten Bademütze zu sehen. Sie fand das Wasser wohl angenehm und winkte ihrem Mann zu, der unentschlossen im Liegestuhl saß. Schließlich ließ er sich per Zeichensprache von ihr überreden. Nach kurzem Abkühlen stürzte er sich mit einem Kopfsprung in die Fluten und schwamm zu ihr hin. Er spitzte sie scherzhaft nass und eine ganze Weile planschten beide albern herum.

Plötzlich aber greift er sich an die Brust, ringt nach Luft und rudert wild mit den Armen herum. Antje begreift, dass ihr Mann in Not ist. Sie stürmt auf ihn zu, will ihm helfen. Er jedoch ist nicht mehr Herr seiner Sinne. Völlig unkontrolliert sind seine Bewegungen und mit dem linken Arm trifft er Antjes Kopf. Der Schlag hat eine besonders heftige Wirkung, weil er mit der schweren goldenen Armbanduhr genau die Schläfe seiner Frau trifft. Antje ist auf der Stelle besinnungslos. Beide sinken ins Wasser, denn inzwischen haben auch ihn die Kräfte verlassen. Bemerkt hat den Vorfall niemand. Bei einsetzender Ebbe werden die beiden Körper ins Meer hinaus gezogen."

Die Frau macht einen erschöpften Eindruck. Nach einer kurzen Pause wendet sie sich an Heiner: "Könnte ich jetzt einen Schluck Cognac bekommen?" Sie trinkt in einem Zug und verabschiedet sich mit den Worten: "Ich danke Ihnen. Leben Sie Wohl. Ich find alleine raus." Und ist weg.

Den Zurückgelassenen erscheint es wie ein Spuk. Wo ist die Wirklichkeit? "Es erscheint abstrus," sagt Heiner leise, "allerdings hat der Pathologe an Mutters Schläfe tatsächlich ein kreisrundes Hämatom entdeckt, dessen Herkunft er nicht eindeutig zu erklären wußte. Ein Schlag mit Vaters Rolex macht Sinn." Dann herrscht wieder Schweigen bis Birte fragt: "Was machen wir nun?" Heiner zuckt mit den Achseln: "Wir gehen ins Bett."

In dieser Nacht hat Birte nicht viel geschlafen. Heiner hat zwar geschnarcht, sich aber häufig von einer Seite auf die andere gewälzt. Beim Frühstück meint er: "Sollten wir nicht Elke und Siegbert am Wochenende einladen?" Birte stimmt dem zu und fügt hinzu, die Kinder sollten auf jeden Fall dabei sein.

So sitzen Sonntagnachmittag alle an Urtsons großem Esstisch: Elke und Siegbert Heimken, ihre Töchter Anna und Lisa und deren etwas älteren Cousinen Silke und Ute, alle mit erwartungsvollen Gesichtern. Heiner und Birte hatten ihre Töchter auch noch nicht eingeweiht.

Es ist nun Birte, die von der ungewöhnlichen Besucherin berichtet. Heiner übernimmt es dann, den Versammelten den Inhalt der Vision dieser Frau zu eröffnen. Die erst herrschende Stille unterbricht Elke mit erzwungenem Lachen: "Eine Verrückte, oder?" Ihre Stimme klingt ein wenig schrill. "Nein, nein," meldet sich Heiner, "sie machte keinen unnormalen Eindruck, etwas exaltiert vielleicht, der rote Herrenhut, die betont maskuline Aufmachung. Sie mag etwa fünfzig gewesen sein. Machte einen sympathischen und intelligenten Eindruck." "Zumal sie doch auch recht attraktiv war, nicht war," wirft Birte spitz ein, "ich habe sehr wohl bemerkt, dass Dir nicht entgangen ist, dass die Jeans und ihr Pullover mit recht ansprechenden Formen gefüllt waren." Utes Kichern löst die Anspannung bei den Mädchen, die nun alle vier hinter vorgehaltener Hand losprusten. Auch dem pubertierenden Nachwuchs scheint nicht entgangen zu sein, dass Heiner weiblichen Rundungen stets besondere Beachtung schenkt.

Weibliche Jugend hat offensichtlich für männliche Schwächen ein besonders gutes Gespür. Der eigene Vater wird dabei keineswegs ausgelassen.

"Und Du meinst nicht, sie könne irgendwelche unlauteren Absichten verfolgen?" wendet sich Siegbert mit besorgter Miene an Heiner. Er ist dann aber sichtlich beruhigt, als der promovierte Jurist darlegt, dass er in dieser Hinsicht kein Risiko sieht. Dann folgt wieder nachdenkliche Stille.

Der Bericht der geheimnisvollen Frau hat auf unglaubliche Weise ein Geheimnis enträtselt. Jeden hatte während all der Zeit die eine Frage beschäftigt, die niemand offen auszusprechen wagte. Es ist die vierzehnjährige Lisa, die nun die entscheidende Feststellung trifft: "Dann haben Oma und Opa sich aber nicht selbst umgebracht!" Mit dem allgemeinen Aufatmen erscheint der Raum plötzlich größer, heller.

Epilog

Unglaublich mag dies Geschehen erscheinen und doch es handelt sich um ein Ereignis, das sich in diesem zweiten Jahrtausend unserer Zeitrechnung genau so zugetragen hat.

Wenn Du in die grauen Fluten der Nordsee starrst, spürst Du vielleicht, dass diese Wellen viele geheimnisvolle Geschichten erzählen könnten. In ihrer Geschwätzigkeit mögen die Wellen das auch tun. Doch wer ist deren Sprache mächtig?

Nisse

In Skandinavien gibt es sie, Nissen, kleine Wichte, den hiesigen Kobolden und Nickeln ähnlich. Verwandt sollen sie auch mit Elfen sein oder den Djenn orientalischer Landstriche. In England vermutet man, dass goblins unter den Wurzeln alter Bäume leben, weshalb man die Wurzeln über lange Zeit noch "for the little peaple" belässt, wenn der Baum gefällt werden musste. Überall werden diesen geheimnisvollen Wesen Zauberkräfte nach gesagt. Wobei einige ihre Fähigkeiten weise und für gute Zwecke, andere aber auch zum Schabernack oder sogar zu Bosheiten anwenden sollen. Mit anderen Worten, solltest Du es mit einem Wesen dieser Art zu tun bekommen, sei vorsichtig. Höflichkeit ist angebracht und ein unauffälliger Rückzug mit Sicherheit ratsam.

Es ist noch nicht lange her, dass mir eine gute Bekannte recht glaubhaft von einer Begegnung mit Wesen dieser Art berichtete. Sie erbat sogar meine Hilfe, um ihrem Einfluss zu entkommen.

Bei ihrem Sommerurlaub auf der Dänischen Ostseeinsel Møn hatte ein Nisse Gefallen an ihr gefunden. Offensichtlich ein Bursche mit gutem Geschmack. Denn Du musst wissen, Maja, das ist der Name meiner Bekannten, ist eine äußerst attraktive Erscheinung, ausgestattet mit allen Attributen, die Männeraugen wie überstarke Magnete anziehen und fesseln. Einmal hat ein Frischverliebter an der Hand seiner Angebeteten sich nach ihr den Kopf so verdrehte, dass er sich akut in chiropraktische Behandlung begeben musste. Ich gestehe, dass auch mir jetzt heiss wird, wenn ich sie mir in Shorts vorstelle.

Ihre sonnengebräunten, nicht enden wollenden schlanken Beine werden sich gegen den Kreidefelsen besonders vorteilhaft abheben. Es wird wohl dieses Bild gewesen sein, dem auch Nisse nicht widerstehen konnte. Auf jeden Fall veranlasste es ihn, seine Anwesenheit zu offenbaren.

Du musst wissen, es bedarf schon eines besonderen Anlasses, bevor ein Nisse seine Verborgenheit aufgibt. Maja war bei Møns Klint die vielen Stufen zum Strand hinunter gestiegen. Nun suchte sie den Strand nach Versteinerungen ab. Einige Donnerkeile und ein paar Seeigel hatte sie schon gefunden. Als sie sich an der Wassergrenze wieder nach einem schönen Exemplar bückte - mit Sicherheit war das ein betörender Anblick - hörte sie es in unmittelbarer Nähe: "Hej smuke kvinde, jeg vil danse med dig."[3] Eine helle Stimme war es, doch energisch fordernd und nicht zu überhören. Maja richtete sich erschrocken auf, schaute sich suchend um und konnte doch nichts und niemanden entdecken. Sie fröstelte plötzlich trotz der Mittagshitze. Dann aber nahm sie all ihren Mut zusammen und rief laut, wenn auch mit zittriger Stimme: "Wer will mit mir tanzen?" Als Antwort erklang erst nur ein Kichern, so dass sie die Frage ärgerlich wiederholte. Erst dann eine Antwort: "Bare rolig, smuk kvinde![4] Du behøver ikke vaere bange.[5]" Die Worte wirkten tatsächlich beruhigend

---

[3] Hallo, schöne Frau, ich möchte mit Dir tanzen

[4] Keine Angst, schöne Frau

[5] Du musst keine Angst haben

auf sie, sie fühlte sich leicht und ihre Angst war wie weg geblasen. "Kom til klipperne heroppe ved solnedgang. Du vil ikke fortryde det,"[6] war die Stimme erneut zu hören. Maja war wie benommen, sie setzte sich in das Geröll am Ufer. Sie konnte keinen klaren Entschluss fassen, denn wie in einer Endlosschleife tauchten die letzten Worte in ihrem Hirn wieder und wieder auf und machten andere Gedanken unmöglich. Erst nach einer Weile, fühlte Maja sich fähig, den Heimweg anzutreten. Auch jetzt noch ging es in ihrem Kopf herum "Kom til klipperne..." unaufhörlich. Gegen ihre Gewohnheit nahm sie eine Kopfschmerztablette und legte sich, obwohl es kaum später als drei war, zum schlafen nieder.

Etwa um acht Uhr wachte sie auf. Wie in Trance zog sie sich an. In einem hauchdünnen weißen Baumwollkleidchen, das fast jede Einzelheit ihres Körpers mehr als nur erahnen ließ, zumal sie nichts darunter trug, schlug sie den Weg zu den Klippen ein. Ein fröhlich klingendes Geräusch ertönte bei ihrem Eintreffen dort. Wie das Summen einer lieblichen Melodie, aber ein wenig auch wie feines Glockenläuten klang es.

Plötzlich war sie der Mittelpunkt eines lustigen Wirbels aus vielen kleinen Lichtern. Sie bildeten kunstvolle Formationen, flogen hin und her, auf und nieder oder drehten sich wie auf Kommando alle gleichzeitig um die eigene Achse. Immer aber drehten sich alle um sie herum. Es war so ein fröhliches Tanzen und Kreisen, dass Maja sich begeistert dem Reigen anschloss.

---

[6] Komm bei Sonnenuntergang hier oben zu den Klippen. Du wirst es nicht bereuen.

Bald wirbelte auch sie in wilder Ekstase herum. Und wieder erklang diese Stimme: "Dans og syng, smuk pige, glad for os hele tide."[7] Diese Worte wurden bald von vielen Stimmen singend aufgegriffen. Dieser Gesang trieb Maja, aber auch all die Lichtlein um sie herum zu immer wilderem Kreiseln an, bis sie schließlich erschöpft zu Boden sank und ihre Glieder voll Wonne im weichen Gras ausstreckte. Die Sonne war unter gegangen, aber wenn auch auf Moens Breitengrad von der Mitternachtssonne noch nicht die Rede sein kann, richtig dunkel wie im Süden wird es hier selbst um Mitternacht nicht. Es gab noch ein einzelnes Lichtchen. Das tanzte noch um sie herum und die Stimme flüsterte: "Stå op, min smukke, og tag mig hjem med dig!"[8]

Obwohl sich tief in ihr etwas sträubte, erhob sie sich, und schlug den Heimweg ein. Sie machte nicht einmal den Versuch, dem Licht, das sie unentwegt umkreiste, das Mitkommen zu verwehren. An ihrem Ferienhäuschen ange-kommen, versuchte sie dann doch, das tanzende Licht durch schnelles Schließen der Tür auszusperren, ohne Erfolg. Es wirbelte schon sowohl im Wohn-, als auch im Schlafbereich herum. "Smuk, smuk" war die Stimme zu hören und dann: "Tag mig til din seng!"[9] Maja wusste

---

[7] Tanze, singe, schönes Mädchen, froh mit uns für alle Zeit

[8] Steh auf, meine Schöne, und nimm mich mit zu dir nachhause

[9] Nimm mich mit in dein Bett

inzwischen, dass jeder Widerstand zwecklos war, und legte sich darum ins Bett. Sie hatte nur die Schuhe abgestreift. Prompt stellte die Stimme neue Forderungen: "Klaed dig af! Jeg ved, at du altid sover nøgen."[10]

Wie in Trance folgt sie auch dieser Anweisung und findet dann keinen Grund, es zu bereuen. Denn noch nie wurde sie wie jetzt so zart, so liebevoll und einfühlsam berührt. Es ist das Licht, das leicht und mit Bedacht über ihren Körper hin schwebt.

Allzu oft hatte sie im Liebesspiel empfunden, dass ihr Körper vorrangig der Lust ihres Liebhabers diente. Hier nun ist allein ihr Körper das Zentrum des Geschehens und jede einzelne ihrer Zellen scheint sich dessen bewusst. Ihre Haut strebt dem Licht entgegen und dort, wo sie Berührung erfährt, scheint sie vor Lust zu zergehen. Genau scheint dieses Wesen ihr Empfinden, ihr Verlangen zu kennen. Mit Sicherheit scheint es zu wissen, wie und wo sie Berührung erwartet und Lust empfinden möchte. Als ob es ihre Sinne bestens kenne.

Die nächsten Tage erlebt Maja wie im Traum. Tagsüber liegt sie schlafend im Schatten der Apfelbäume umgeben von den Blumen ihres kleinen Gartens, am Abend geht sie zum Tanz auf den Klippen. Und jede Nacht erliegt sie den Zärtlichkeiten ihres lichthaften Liebhabers. In den wenigen wachen Minuten wird ihr sehr wohl bewusst, dass sie völlig in eine suchtartige Abhängigkeit geraten wird und sie denkt dann auch über einen Ausweg nach. Doch im nächsten Augenblick schon ist sie Nisse wieder erlegen.

---

[10] Zieh dich aus! Ich weiß, du schläfst immer nackt.

Dann kamen Tage, an denen Nisse sich wohl in ihrer Nähe aufhielt, sie jedoch nicht zum Tanze einlud und sie auch zur Nachtzeit nicht berührte. Verunsichert erst, begriff sie doch bald den Grund, sie menstruierte. Es war ihr klar, dass sie sich, war er anwesend, seinem Banne nicht würde entziehen können. Vor Sonnen-untergang rief sie mich an und wir vereinbarten für den folgenden Abend, dass ich sie abholen solle, wenn Nisse sich zum Fest auf den Klippen befände.

In viereinhalb Stunden hatte ich die zweihundertundsechzig Kilometer geschafft und war schon zur Mittagszeit auf der Insel. Da reichte die Zeit für ein spätes Frühstück, erst süß, dann deftig und mit Ymer. Ich hatte auch noch Zeit genug für eine Besichtigung des Museumsgårdens Venner in der Nähe und war nach einem kleinen Imbiss pünktlich um neun in Borne, um Maja und ihr Gepäck in größter Eile einzuladen. Wir konnte ja nicht wissen, ob die Gemeinschaft dieser Wesen nicht über unsichtbare Spione verfügte. Es war doch denkbar, dass Vögel oder Nagetiere für die Nissen solche Dienste übernahmen. Auf jeden Fall trat ich aufs Gas und nach etwa zwanzig Minuten überquerten wir die Dronning-Alexaandrines-Bro[11]. Nun hatten wir Seeland erreicht und damit Møn hinter uns gelassen. Nisses Einflussbereich schien hier zu Ende. Wir sind ihm entkommen. Møn haben wir beide fortan gemieden. Maja war mir noch eine Zeit lang dankbar. Das habe ich genossen, war auch nach Kräften bemüht, doch auf die Dauer dem Vergleich mit meinem leuchtenden Vorgänger nicht gewachsen.

---

[11] Königin-Alexandrine-Brücke

VOM UMGANG VON UND MIT TOTEN

Vom Umgang von und mit Toten

Eine Verbindung der Lebenden mit ihren Verstorbenen wird in vielen Kulturen mit großem Ernst gepflegt. Die Toten, die ja schon in jener Sphäre der überirdischen Mächte sind, sollen diesen die Bitten der Lebenden vortragen. Darin liegt der Sinn des Ahnenkults, der zum Beispiel in China von großer Bedeutung ist, jedoch in verschiedener Ausprägung in vielen Kulturen gepflegt wird. Dann gibt es die Vorstellung von bestimmten Orten, wo, oder bestimmten Tagen, an denen ein Zugang zum Bereich der Toten besteht. So soll es am Glastonbury Tor, einem Hügel in Südwest-England, wie an vielen anderen Stellen der Erde, einen Zugang zur Anderswelt geben. Für die begrenzten Tage der Öffnung sei hier auf das mexikanische Totenfest, Dia de los Muertos, das auf die Azteken, oder das angelsächsische Helloween, das auf die Kelten zurück zu führen ist, als Beispiele verwiesen. In diesen Fällen wird ein Zusammen-treffen mit den Toten nicht gefürchtet, sondern sogar erwünscht. Auch bei den Etruskern wurde in der Nekropole, der Stadt der Toten, regelmäßig bei und unter den Toten mit Essen, Trinken, Musik und Tanz gefeiert.

Anders verhält es sich mit dem Glauben an Wiedergänger, denen möchte man in der Regel nicht begegnen. In fast allen Kulturen und allen Landstrichen gibt es Geschichten über Tote, die ihr Grab verlassen und Lebende aufsuchen, meist, jedoch nicht immer, mit böser Absicht. Es soll sich hierbei um verstorbene Individuen handeln, die erlittenes Unrecht rächen wollen oder die keine Ruhe finden, weil ihnen der Zugang zum Totenreich ob ihres sündhaften Lebenswandels verwehrt wird. Untote von dieser Art sind den Lebenden keineswegs wohl gesonnen. Sie hegen

Groll gegenüber den Menschen und suchen ihnen auf verschiedenste Weise zu schaden. Berichtet wird von Gespenstern, die unsichtbar oder nur mit dem Leichentuch bedeckt Menschen erschrecken. Poltergeistern und Umgänger werden beschrieben; auch von Untoten vom Lazerustyp, die als Auferstandene erscheinen und von anderen makabren Erscheinungen in den verschiedensten Phasen der Verwesung ist die Rede, aber auch von Wiedergängern, die wie Lebende wirken, von solchen, die Lebende tätlich angreifen als Vampire, Werwölfe oder Aufhocker, die einsamen Wanderern auf die Schulter springen und sich tragen lassen. Immer schwerer sollen sie werden und ihren Träger so lange quälen bis er erschöpft zusammen bricht.

Aus Angst vor Wiedergängern wurde in verschiedenen Kulturen mit unterschiedlichen Methoden versucht, eine Wiederkehr und ein Umgehen des Toten unter den Lebenden zu verhindern. Nicht selten wurde der Leichnam gefesselt, ihm wurden die Sehnen durchtrennt oder man hat ihn mit Steinen beschwert, ihm die Glieder zertrümmert oder gar abgetrennt. Viele archäologische Befunde deuten auf solche Praktiken hin.

In den Berichten über Wiedergänger, die mir zu Ohren gekommen sind, wurden Begegnungen mit solchen als harmlos beschrieben. Die Erscheinungen verhielten sich teilnahmslos oder harmlos neckend.

Da gab es eine Begebenheit mit einem jungen Mann aus den Siebzigern. Zugetragen hat sich das in einer Wohnung in einem modernen Hochhaus. Einen weiten Blick über die Stadt hatten Katrin und Silke, seit sie im sechsten Stock dieses Hauses ein Appartement bewohnten. Die beiden Studentinnen waren vor Kurzem dort gemeinsam eingezogen.

Sie teilten sich die Miete, die eine alleine nicht hätte aufbringen können. So war es zwar immer noch teuer, aber für jede bezahlbar. Die Wohnung hatte etwas mehr als dreißig Quadratmeter. Von dem kleinen Flur aus ging es zum einen in den Wohn- und Schlafraum, zum anderen ins Bad. Daran grenzte die Küche durch eine Wand getrennt. Flur, Bad und Küche waren gleich breit und wie die meisten Appartments im Haus war es im Grundriss ein Quadrat.

Ans Fenster hatten sie einen großen Tisch gestellt, der ein Frühstück mit Aussicht ermöglichte und in Notfällen als Arbeitsplatz genutzt werden konnte. Als Bett diente ihnen eine Schlafcouch, die ausgezogen zwei mal zwei Meter maß. Da sie in der entgegen gesetzten Ecke des Zimmers stand, bot der Raum noch viel Platz. So konnten beide gleichzeitig ihre Yoga-Übungen machen. Bislang waren beide recht zufrieden mit ihrer Entscheidung, sowohl der Wohnung als auch ihres Zusammenlebens wegen. Die Verteilung der Arbeiten im Haushalt hatten sie genau fest gelegt und da sich beide an die Vereinbarungen hielten, verlief ihr gemeinsamer Alltag harmonisch.

Die Erscheinung nahmen sie zum ersten Mal wahr, nachdem sie recht spät von einer Fete heimgekehrt waren. Das heißt, diesmal war es nur Silke, die etwas sah. Katrin war schon eingeschlafen und musste von Silke wach gerüttelt werden. Katrins Unmut über die Störung legte sich erst, als sie mitbekam, wie verstört und ängstlich Silke war. Deren Bericht nahm sie zwar kommentarlos entgegen, glauben konnte sie das Geschilderte aber erst einmal nicht.

Nach Silkes Angaben war ein junger Mann durch die geschlossene Tür ins Zimmer getreten, hatte sich im Zimmer umgesehen, ohne von ihr Notiz zu nehmen, und war dann zur Küche gegangen und dort verschwunden. Katrin ging unerschrocken dorthin, um einen Tee zu kochen. Nach einer Tasse Tee hat Silke sich dann beruhigt. Doch war sie sich nun ihrer Sinne selbst nicht mehr ganz sicher. War sie vielleicht vom Partyrummel noch etwas überspannt gewesen?!

Ohne ein aufregendes Ereignis vergingen Wochen. Dann jedoch war es Katrin, die den geheimnisvollen jungen Mann in gleicher Weise erblickte. Er trug eine blaue Jeans und ein rotkariertes Hemd mit offenem Kragen. Er sah ganz sympathisch aus, was Katrins Schrecken allerdings kaum milderte. Auch dieses Mal verschwand die Erscheinung nach einer kurzen Inspektion des Raumes lautlos in der Küche. Katrin zwang sich, ihm zu folgen. Doch der unheimliche Besucher hatte in der Küche nicht die geringste Spur hinterlassen. Nach einer kurzen Pause war Katrin in der Lage, Tee zu kochen für sich und auch für Silke. Die war inzwischen erwacht und natürlich interessiert, die Sache zu besprechen. Was sie gesehen hatte, war also keine Fehlleistung ihres überanstrengten Nervensystems gewesen. Das war beruhigend. Dass es diese Erscheinung tatsächlich gab, aber war keineswegs beruhigend. Sie ängstigte sich sehr. Katrin hatte in den nächsten drei Stunden Mühe, ihre Mitbewohnerin zu beruhigen. Leicht fiel ihr das nicht, denn auch sie selbst fühlte sich zutiefst verunsichert.

Die beiden verbrachten die nächsten Nächte mit sehr unruhigem Schlaf. Da sich aber nichts mehr ereignete, hatten sie die nächtliche Erscheinung fast schon vergessen, als sie nach etwa einem halben Jahr beide gleichzeitig den nächtlichen Besucher zu Gesicht bekamen. Auch diesmal verhielt sich dieser genau wie zuvor, kam herein, schaute sich im Zimmer um und verschwand im Bereich der Küche. Diesmal fiel ihnen etwas auf.

141

Sie stellten am Morgen fest, dass die Eingangstüre ihrer Wohnung nur zugezogen und nicht wie üblich abgeschlossen war. Gab es vielleicht einen Zusammenhang mit dem Besuch? Um ihre Vermutung, dass dies ursächlich mit dem Erscheinen des unheimlichen Besuchers zusammen hänge, zu überprüfen, stellten sie zwei Tage später die gleiche Situation her. Tatsächlich tauchte der junge Mann auch in dieser Nacht auf und ließ sich am Tag darauf bei abgeschlossener Tür nicht sehen. Ab sofort hielten sie die Tür stets verschlossen und wurden nie wieder von dem Herrn im rotkarierten Hemd heimgesucht.

Von Frau Kruse, der Besitzerin des Kiosks im Parterre des Hauses, erfuhren sie schließlich von einem Ereignis, das auf einen Zusammenhang mit ihrer Heimsuchung schließen ließ. Noch bevor das Haus bezogen worden war, wusste Frau Kruse zu berichten, hatte es in dem Neubau einen tödlichen Unfall gegeben. Zweiundsiebzig sei das gewesen. Der Sohn des Architekten sei dabei ums Leben gekommen, ein junger Mann von zwanzig Jahren. Die genaue Ursache war, so weit es ihr bekannt war, wohl nie richtig geklärt worden.

Die jungen Frauen waren froh, dem Wiedergänger nicht mehr zu begegnen, obwohl beide ihn als harmlos einstuften.

Der nächste Fall handelt von einer etwas aktiveren Erscheinung, mit der eine junge Frau konfrontiert wurde.

Anfänglich waren es Ereignisse, die keineswegs aussergewöhnlich wirkten. Mehrfach brannte das Licht im Wohnzimmer, obwohl sich Lisa sicher war, es gerade zuvor ausgeschaltet zu haben. Dann passierte es einige Male, dass auch das Radio sich einschaltete, ohne dass sie das Gerät selbst oder die Fernbedienung berührt hatte. Das alles waren Vorgänge, die von ihr und auch von

Freunden, denen sie diese Vorfälle schilderte, als ungeklärte elektrische Vorgänge gedeutet wurden. Dann jedoch hörte sie Geräusche, die keine so einfache Erklärung fanden. Sie schienen von einem Kind zu stammen. Es waren keine Worte, sondern Laute wie "Huhu" oder "Heh" zu hören, undeutlich anfangs, doch mit und mit immer besser wahr zu nehmen. Schließlich vernahm Lisa deutlich die Stimme eines etwa fünfjährigen Jungen. Sein Anliegen ging aus den Äußerungen recht klar hervor. Er wollte mit ihr spielen. Mehrfach waren ganz klar die Worte zu verstehen: "Such mich doch!" und "Hier bin ich." Das wurde mehrfach wiederholt. Nach einiger Zeit ließ der Tonfall Missmut und Verärgerung erkennen und es folgten wieder solche An-Aus-Schaltungen von Elektrogräten; das Radio wurde eingeschaltet und war plötzlich mit voller Lautstärke zu hören oder es wurden verschiedene Lampen an und aus geschaltet, nach einer Weile mit immer größeren Pausen und schließlich hörten sie auf. Es schien, als sei der Verursacher müde geworden.

Wenn diese Attacken auch eindeutig nur kindlichen Übermut erkennen ließen und bislang weit gehend harmlos zu sein schienen, so waren sie auf jeden Fall nervig und äußerst störend. Lisa hatte jedoch darüber hinaus auch wirklich Angst. Zum einen war die ganze Begebenheit unheimlich genug, aber zudem war es durchaus denkbar, dass diese Neckereien radikalere Formen annehmen könnten.

Sie suchte Rat bei ihrer Freundin Isolde. Hatte sie diese bislang wegen ihrer esoterischen Neigungen stets aufgezogen, so schien sie ihr in diesem Falle gerade deshalb kompetent zu sein.

Isolde nahm sich, wie erwartet, der Sache ernsthaft an. Sie gestaltete Lisas Besuchsstunde zu einer esoterischen Sitzung mit Teezeremonie, Kerzenlicht und betröhrendem Duft von Patschuli.

Isolde ließ sich detailliert Lisas Tagesabläufe der voran gegangenen Wochen schildern und sah einen Zusammenhang zwischen der Erscheinung in Lisas Wohnung und deren Bemühungen um Körperertüchtigung. Lisa hatte vor einigen Wochen begonnen, die Wege auf dem großen parkähnlichen Friedhofsgelände als Jogging-strecken zu nutzen. Dabei hatte die attraktive junge Frau wohl nicht nur das häufig nachdrücklich bezeugte Interesse von männlichen Friedhofs-besuchern geweckt, sondern offensichtlich auch das eines kindlichen Geistes. Dieser, offenbar in seiner letzten Ruhestätte dieser Ruhe überdrüssig, glaubte wohl, in der jungen Frau die ideale Gespielin gefunden zu haben. Er ist ihr bis in ihre Wohnung gefolgt und hoffte wohl, sich in ihrer Gesellschaft die endlose Zeit vertreiben zu können.

Lisa suchte sich andere Wege für die laufende Pflege ihrer Figur und wurde tatsächlich fortan von dem kleinen Unhold nicht mehr belästigt.

Ein Alb

Bei nacht
wenn alles still
beschleicht
ein alb Dich
und er will
Dir scheinbar
an den kragen
nimmt auf Dein bitten
auf Dein klagen
nicht rücksicht
sondern quält Dich weiter
Du bist das pferd
er ist der reiter
Du windest Dich
suchst auszubrechen
erfolglos
will wer sich rächen
denkst Du
weil dunkel eine schuld Du fühlst
wenn Du in vergangnem wühlst
zieht es Dich tiefer nur hinab
was kannst Du tun
vergeblich suchst Du einen stab
der in der not nun
einen halt Dir gäbe
dann siehst Du stäbe
es ist das gitter Deiner zelle
es wird Dir eng
an dieser stelle
hältst Du es läng-
er nicht mehr aus
es war ein traum
doch unbedacht
nur kurz gelacht
bleibt in der kehle
ein bitter stück zurück

DIE GUSTLOFF

Die Gustloff

Braunsberg (Braniewo) ist eine kleine alte Stadt an der Ostsee und zwar sehr weit im Osten, wenn du es von Kiel aus betrachtest. Das masurische Flüsschen Passarge (Pasleka) mündet hier in das Binnenmeer und schafft einen natürlichen Hafen, den schon die Schiffe der Hanse zu nutzen wussten. So geht die Gründung der Stadt auch auf einen Lübecker Kaufmannssohn zurück. In der neueren Zeit bekam das Städtchen eine weitere Bedeutung, weil es nicht nur einen Durchgangs-bahnhof an der Strecke der Preussischen Ostbahn erhielt, sondern dieser auch zur Umladestation wurde. Von Zügen mit der preussischen Spurbreite musste die Ladung, wegen der größeren russischen, auf solche mit diesem Achsenmaß wechseln.

Iwan Kosner, geboren als Sohn deutschrussischer Eltern in Wolhynien in der Ukraine, hatte hier eine sichere Stellung bei der Bahn gefunden, auch eine Frau und so eine Heimat. Seine Eltern waren bei den stalinistischen Zwangsumsiedlungen vielleicht in Kasachstan gelandet. Sie hatten in den Wirren der Deportation ihren fünfjährigen Sohn verloren. Der kleine Iwan wuchs bei verschiedenen Pflegeeltern auf. Im Alter von fünfzehn Jahren verließ er das Dorf in der Ukraine und suchte sein Glück im Norden. Ausgestattet mit Deutsch- und Russischkenntnissen gelang es ihm, sich nach Ostpreußen durchzuschlagen. Hans, so nannte er sich fortan, fand bei der Preußischen Ostbahn einen Ausbildungsplatz und wurde nach vier Jahren regulär in den Dienst der Preußischen Staats-bahnen übernommen. Das machte es ihm möglich, seine Luise zu heiraten. Eine kleine eigene Wohnung hatte das junge Paar schon. Beim Standesamt bekamen die Jungvermählten nun noch Hitlers "Mein Kampf" und des Führers Segen mit auf den Lebensweg.

Achtunddreißig, nach der Geburt ihres Sohnes Albert waren sie schon zu viert, denn Elisabet war im Jahr zuvor geboren worden. Hans war nun beamtet und das Paar bekam als Werkswohnung ein kleines Haus mit großem Garten direkt neben den Gleisen. Luise verstand es, neben der Hausarbeit den Garten so erfolgreich zu bewirtschaften, dass sie einen großen Teil ihres Bedarfs an Lebensmitteln aus eigenem Anbau decken konnte. Das bekam auch den Kindern gut, die sich notgedrungen mit der Mutter fast den ganzen Tag lang im Freien aufhielten. Luise hielt das so, obwohl sie in der meisten Zeit des Jahres schwanger war.

Acht Jahre lang führten die beiden ein recht intensives und harmonisches Eheleben. Neunzehnhundertunddreiundvierzig kam ihre Tochter Ingrid als siebtes Kind zur Welt. Kaum ein halbes Jahr später wurde Hans von der Bahn zum Militärdienst abkommandiert. Damit war es vorbei mit dem regelmäßige Zusammenleben und Luise musste nun mit ihren sieben Kindern alleine zurecht kommen. Bei vielen der im Haushalt anfallenden Arbeiten erhielt sie zwar schon tatkräftige Unterstützung von ihren ältesten. Dabei war die sechsjährige Elisabet die größte Hilfe, willig, ja freudig erfüllte sie ihre Arbeit. Albert der älteste Sohn hatte viel zu viele Flausen im Kopp und der vierjährige August war ein sehr verträumtes Kind. Von den jüngeren war noch keine Hilfe zu erwarten. Die Abwesenheit ihres Hans machte Luise an allen Ecken und Kannten sehr zu schaffen, zudem wuchs die Angst von Tag zu Tag, weil das akute Kriegsgeschehen immer näher rückte. Es gab Fliegerangriffe und inzwischen kamen täglich mehr Flüchtlinge aus den nördlichen

Gebieten und den annektierten polnischen und ukrainischen Landstrichen. Und doch hegte Luise immer noch eine schwache Hoffnung und blieb. Erich Koch, der Gauleiter, hatte die Evakuierung Ostpreußens abgelehnt und behauptet, er könne die Region mit dem Volkssturm bis zum bevorstehenden Endsieg halten. Als jedoch mit Beginn des Jahres neunzehnhundertundfünfundvierzig die Bombardierungen sowohl aus der Luft, als jetzt auch durch die russische Artillerie täglich intensiver wurden und viele Nachbarn die Stadt schon mit Sack und Pack verlassen hatten, entschloss sich auch Luise zur Flucht. Auf einen vierrädrigen Karren lud sie alles, was ihr an Hab und Gut das Wichtigste schien und setzte die Kleinsten obenauf. Sie war klug genug, vieles, was ihr lieb und teuer war, von mancher Träne begleitet zurück zu lassen. Elisabet und Albert mussten den Karren ziehen und wurden dabei von August und Ernst unterstützt, während Marta und selbst der dreijährige Hans meist daneben her laufen mussten. Die kleine Ingrid hatte einen festen Platz auf den festgebunden Habseligkeiten und abwechselnd konnte ein weiteres Kind sich darauf ausruhen. Der Winter war besonders hart in diesem Jahr. Die Straßen waren verschneit und es war bitter kalt. Luise schob oder zog und bemühte sich unablässig, vorwärts zu kommen.

In Frauenburg am frischen Haff wurden die Flüchtlinge von einem Trupp des Roten Kreuzes mit warmer Suppe versorgt. Hier machte Luise Rast. Mit Stroh und Decken hatte sie an ihrem Karren in der Nähe einer offenen Feuerstelle einen Unterschlupf geschaffen, in dem sie mit allen Kindern eng an einander geschmiegt die Nacht verbrachte. Das Heimatstädtchen des großen Kopernikus war nun ein riesiges Flüchtlingslager. Alle wollten allerdings so schnell wie möglich weiter nach Westen. Die Meldung, dass Gedingen als Evakuierungshafen eingerichtet wurde, machte die Runde. Der Hafen im Westen der Danziger Bucht war nun das Ziel der Flüchtenden.

Der schnellste Weg nach Gotenhafen, wie Gedingen während der NS-Zeit deutschtümelnd genannt wurde, führte über das zugefrorene Frische Haff. Der Weg war nicht ungefährlich. Es wurde von Einbrüchen berichtet, bei denen ganze Gespanne mit den Pferden in den eiskalten Fluten versunken waren. Doch weil selbst größere Fuhrwerke den Weg übers Eis antraten, meinte Luise das Risiko auf sich nehmen zu können und wagte sich mit ihren Kindern aufs Eis in die endlos scheinende Schneewüste. Zu verfehlen war der Weg nicht, denn vor ihnen markierte eine unübersehbare Schlange die Route. Luise hatte sich und den Kindern die Schuhe mit Stofffetzen umwickelt, um Rutschen zu verhindern. Dick in Mantel und Schal gehüllt, ausgerüstet mit selbst gestrickten Mützen und Handschuhen aus Wolle kämpfte sich ein jedes vorwärts. Die größte Belastung war der eiskalte, schneidende Wind, der von keinem Hindernis gebremst vom Meer her über die Eisfläche fegte. Da wo er die Haut traf, schmerzte es wie von Messerstichen. Luise musste alle Kraft aufwenden, um nicht angesichts der leidenden Kinder zu verzweifeln. Mit Schimpfen und Trostworten im Wechsel trieb sie ihren kleinen Haufen immer weiter. "Weiter, weiter! Still stehen heißt Erfrieren." Elisabet, die die kleine Marta auf ihren Schultern trug, trieb zusätzlich die drei Jungs an, die den Karren gemeinsam zogen. Luise schob den Wagen, auf dem sie nun auch Hans untergebracht hatte. Von hinten hatte sie alles im Blick und zudem schien das Schieben des Gefährts effizienter als das Ziehen. Ungefähr fünfzehn Stunden brauchten sie, um die etwa dreißig Kilometer zu bewältigen. Dabei galt es das Mündungsgebiet des Flusses Nogat weitläufig zu umgehen, denn dort war dem Eis nicht zu trauen. Zudem gab es auch Angriffe von Jagdfliegern.

Dann lag der Uferstreifen endlich vor ihnen. Mit wirklich der letzten Kraft, so schien es Luise, schaffte sie die restlichen paar Meter. In voller Länge fiel sie neben dem Wagen in den Schnee. Elisabet warf Marta ab und setzte sich daneben. Die Jungs warfen sich in Sorge weinend über die Mutter. Die Angst ihrer Kinder verlieh Luise die Kraft aufzustehen. Sie hatten mit Glück eine windgeschützte Stelle in den Dünen erwischt und hier im Schnee neben ihrem Wagen versammelte sie ihre Kinder eng um sich. Eng in Decken zusammen gepresst wärmten sie sich gegenseitig. Langsam erholten sie sich ein wenig von der überstandenen Strapaze.

Es war das Jammern der beiden jüngsten, das Luise aus ihrer Lethargie riss. Hans wusste ihr Bedürfnis zu benennen: "Hunger!" Bei allen war dieses Gefühl durch Erschöpfung betäubt gewesen, jetzt mit dem Erholen regte es sich. Luise hatte Mühe, ihre kleine Schar wieder auf den Marsch zu bringen. Mit Kniebeugen, Hüpfen und anderen Leibesübungen versuchte sie den Kreislauf wieder in Gang zu bringen, Ihren eigenen und den der Kinder, indem sie von denen die Nachahmung forderte.

Nach einigen hundert Metern fanden sie wieder Anschluss an den Flüchtlingsstrom. Sie hatten ja alle das gleiche Ziel: Gotenhafen, um auf einem Schiff nach Westen zu kommen. Erst einmal gab es an der Straße etwas Wärme und etwas Warmes. Ein Feuer in einem leeren Benzinfass und ein Becher warmes Wasser mit undefinierbaren Inhalt sorgten bald für neuen Lebensmut. Luise verteilte dazu aus ihren Vorräten Brot und

Käse an die Kinder und für eine Stunde herrschte kleines Glück. Elisabet kümmerte sich um die Kleinen. Eigentlich war Ingrid schon sauber, auf dem Gewaltmarsch war aber doch was in die Hose gegangen. Auch Hans, Marta und Ernst brauchten noch Hilfe.

Auf ihrem weiteren Marsch wuchs die Zahl der Fliehenden immer weiter an. In Danzig waren die Straßen in Richtung Norden dem Andrang der Menschenmassen kaum noch gewachsen. Je weiter sie sich Gedingen näherten, desto stärker zeichneten sich chaotische Zustände ab. Im Hafen selbst versuchte Militär mit Gewalt ein Ordnungssystem aufrecht zu erhalten.

Im Hafen lag die Wilhelm Gustloff, das ehemalige Flaggschiff der DAF-Organisation "Kraft durch Freude" (KdF). Vor dem Krieg gehörte sie zu jenen Projekten, die gegenüber Volk und der Welt den Beweis für die Großartigkeit und die gemeinwohlorientierten Bemühungen des nationalsozialistischen Staates erbringen sollten. Ihre Kabinen waren in bestem Bauhaussinne bedarfsgerecht und in jeder Hinsicht optimal gestaltet, die Einrichtung in einer Weise, die selbst jemandem aus gutbürgerlichem Kreise als luxuriös erscheinen musste. Ein begehbares Modell des Kabinen-Fahrgastschiffes Wilhelm Gustloff tourte ab neununddreißig im Auftrag des Amtes für Reisen, Wandern, Urlaub (RWU) zu Propagandazwecken durchs Groß-deutsche Reich und warb überall - und sammelte Spenden - für KdF. Im Mai siebenunddreißig fand der Stapellauf bei Blohm und Voss in Hamburg statt. Dabei wurde das Schiff, das ursprünglich den Namen "Adolf Hitler" hatte tragen sollen, in Hitlers Beisein von der Witwe des sechsundreißig in Davos erschossenen Wilhelm Gustloff auf den Namen dieses "Blutzeugen der Bewegung" getauft. Gustloff hatte in der Schweiz versucht, eine nationalsozialistische Bewegung aufzubauen und war offiziell der Gruppenführer der NSDAP / AO (NSDAP-Auslandorganisation) gewesen.

Mit dem größten KdF-Fahrgastschiff wurden bis Kriegsbeginn Vergnügungs- und Kreuzfahrten durchgeführt. Die Deutsche Arbeits-Front (DAF), die Folgeorganisation der zur Gleichschaltung gezwungenen Gewerkschaften, ermöglichte ihren Mitgliedern auf dem Schiff ausgedehnte Erholungsreisen. Gleichzeitig gab es eine feste Anzahl an Plätzen für Jugendliche der HJ und des BDM. Darum erhielt das Schiff auch die Bezeichnung "schwimmende Jugendherberge". Neununddreißig bekam das Schiff seine Aufgabe als Truppentransporter, Lazarettschiff und mobile Truppenunterkunft und damit seine von langer Hand geplante eigentliche Bestimmung. Es ist nicht schwer zu erkennen, dass fast alle Aktivitäten der Nazi-Führung, die vor neununddreißig als soziale Errungenschaften gefeiert wurden, der Kriegsvorbereitung dienten.

Am achtundzwanzigsten Januar bemühte sich Luise um einen Platz auf dem Evakuierungsschiff. Elisabet und Albert bewachten den vollgepackten vierrädrigen Leiterwagen und versorgten ihre Schar. An eine Kirchhofsmauer angelehnt hatten sie ihr Lager eingerichtet, in dem sie es halbwegs trocken hatten und vor dem Wind geschützt waren. Sie hatten sogar etwas Brennmaterial sammeln und ein kleines Feuer machen können. So war für Luise die Gefahr gering, von ihrer Brut getrennt zu werden. Sie kämpfte sich derweil stundenlang durch die endlosen Menschenmassen, wurde von einem Uniformierten zum nächsten verwiesen, der sich dann ebenfalls als nicht zuständig zeigte. Es erwies sich als mehr als mühevolles Unterfangen. Am späten Nachmittag hatte sie es geschafft.

Sie hielt nun ein Papier in ihren Händen, dass ihr erlaubte, am nächsten Tag mit ihren sieben Kindern an Bord der Wilhelm Gustloff zu gehen. Total erschöpft aber überglücklich kehrte sie zu ihren Kindern zurück, um die Vorbereitungen für die Einschiffung zu treffen. All ihre Habseligkeiten mussten in tragbare Bündel gepackt werden, denn ihren Wagen und vieles mehr mussten sie zurück lassen. Nachdem selbst Marta einen kleinen Rucksack bekommen hatte, waren diese Vorbereitung fast abgeschlossen. Elisabet und Albert würden im Wechsel zusätzlich auch noch den kleinen Hans tragen können, sie selbst wollte Ingrid nehmen.

Ein letztes Mal machten sie es sich in ihrem Lager aus Wagen und Kirchhofsmauer für die Nacht gemütlich. Sie hatten ein kleines Feuer angezündet, auf dem sie Wasser für Tee hatten erhitzen können. Luise hatte eine Extraportion Essen aus ihren Vorräten genehmigt. Sie saßen in kleiner Runde zusammen und selbst Hans und Ingrid machten einen zufriedenen Eindruck.

In aller Frühe, es mag vier gewesen sein, scheuchte Luise ihre Schar hoch. Sie mussten um sechs am Schiff sein und bestimmt gab es eine lange Warteschlange. Die Kinder waren sich des Ernstes der Lage gewärtig. Nur Ingrid greinte ein wenig, als sie zu so früher Stunde aus dem Schlaf gerissen wurde. Stolz blickte Luise auf ihre kleine Truppe, die marschbereit angetreten war. Angeführt wurde sie von Albert, während sie und Elisabet den Abschluss bildeten. So konnten sie die Schar übersehen und zusammen halten.

Wie erwartet gab es beim Zugang zum Pier großen Andrang. Luise hatte nun die Spitze ihrer Truppe übernommen und setzte erfolgreich alles daran, sich und ihre Kinder näher an die Kontrollstelle heran zu bringen. Nach einer guten halben Stunde stand sie an der Sperre vor dem kontrollierenden Schiffsoffizier.

Ihre Papiere werden geprüft: Ja, die Papiere sind in Ordnung. Der Offizier zählt die Gruppe gewissenhaft durch: "...fünf, sechs ...? Da sind nur sechs Kinder!" Ungläubig erst und dann in Panik dreht Luise sich um. Da schreit Elisabet: "Marta, Marta fehlt." Und dann rufen beide den Namen. Der Offizier versucht die Mutter zu beruhigen, erkundigt sich nach Namen, Alter, Größe und Kleidung des Kindes, holt dann ein Megafon hervor und verkündet in alle Richtungen: "Achtung, Achtung! Ein kleines Mädchen wird vermisst, vier Jahre alt, etwa ein Meter groß, es trägt ein blau-weiß-gestreiftes Kleid über einer blauen Hose, einen roten Wollpullover und eine rote Wollmütze. Bitte geleiten sie das Kind zum Kontrollposten an Pier eins."

Luise muss mit ihren restlichen Kindern zur Seite treten, damit der Offizier mit seinen Kontrollen weiter machen kann. In regelmäßigen Abständen wiederholt er die Meldung per Megafon. Hunderte, Tausende passieren die Kontrolle. Luise gibt den Kindern zu essen und wartet. Elisabet und Albert wollen los laufen und nach Marta suchen und selbst August und Ernst wollen sich auf die Suche machen. Auf Luises strikten Befehl hin darf sich keins der Kinder auch nur einen Meter von der Stelle fort bewegen. Je länger es dauert, desto chaotischer wird das Gedränge hier vor der Sperre. Der Offizier, der die Gefahr erkennt, die damit für die Kinder erwächst, lässt Luise und die Kinder durch, so dass sie sich hinter der Sperre, quasi im Windschatten des Gedränges aufhalten können. Dann aber wird der Kontrollposten geschlossen. Mehrfach noch wiederholt der Offizier eindringlich seine Durchsage per Megafon. Dann mussten die Soldaten den Posten verlassen.

155

Jetzt wurde es gefährlich, denn die Masse stürmte die Sperre und drängte zu den Gangways. Mag sein, dass es einigen noch gelang, zusätzlich an Bord zu kommen, dann aber wurden die Gangways eingezogen. Selbst jetzt noch gab es Personen, die versuchten über die Stahltrossen der Festmacherleinen an Bord zu gelangen. Aber auch die wurden eingeholt und Wilhelm Gustloff legte ab. Mit lauten Enttäuschungsschreien wurde sie von den Zurückgebliebenen verabschiedet.

Luise hatte nur kurz mit sich gerungen, ob sie zum Wohle der übrigen Kinder ohne Marta an Bord gehen sollte, hatte diesen Gedanken jedoch schnell verworfen. Sie wollte sie alle behalten.

Auch unter den Kindern ist die Trauer um Marta groß, gerade Hans und Ernst vermissen ihre Schwester sehr. In dem Maße, indem sich die Umrisse der Gustloff immer mehr in der Weite der Danziger Bucht auflösen, leert sich auch die Pier. Jetzt, da sich auch der Lärm der Menschenmasse verflüchtigt hat, dringen die ruhig klagenden Töne eines fremden Musikinstruments bis zu Luises trauriger Gruppe durch. Ohne selbst einen Grund für ihre Entscheidung zu kennen, fordert sie die Kinder auf, der fremdartigen Melodie zu folgen. So wie so müssen sie hier weg, denn, das hat sie schon erfahren, in absehbarer Zeit wird kein weiteres Evakuierungsschiff eingesetzt. Luise will in erster Linie ihre Tochter suchen. Sie denkt aber auch daran, ihren Leiterwagen wieder zu finden. Denn sie kommen leichter und schneller weiter, wenn sie ihre Sachen nicht tragen müssen.

Nicht viel mehr als einige hundert Meter sind sie gegangen, da sitzt am Straßenrand eine alte Frau in einem langen schwarzen Rock mit gelben Bordüren. Sie ist in einen schwarzen Mantel aus schwerem Wollstoff gehüllt. Auf einem langen Blasinstrument aus Holz, einer Fanfare ähnlich, spielt sie die Melodie, die so weit hin zu hören war. Gesicht und Hände der Frau haben die Farbe fruchtbarer Gartenerde. Trotz aller Fremdheit wirkt sie vertrauenserweckend und sympathisch. Dann stößt Elisabet einen Schrei aus. Sie hat als erste die Schwester entdeckt. Marta liegt friedlich schlafend im Schoß der Frau, zusammen gekuschelt und von dem schweren Mantel halb verdeckt. Luise stürzt nieder und zerrt ihre Tochter an sich. "Musst doch retten, das kleine Ding, war allein, war kalt, Angst. Muss Hilfe machen," versucht die Alte zu erklären. Weinend drückt Luise das nun erwachende Kind an sich. "Warum haben Sie das Kind nicht zur Kontrollstation gebracht?" "Nix Deutsch, Kaschub." Luise ist wütend. Marta aber macht sich frei und verabschiedet sich sehr vertraut, ja liebevoll von der Alten, die sie wieder und wieder streichelt und mit vielen Worten, die weich und sehr zärtlich klingen verabschiedet. Da schlägt auch Luises Stimmung um und statt sie weiter mit Vorwürfen zu bedenken, bedankt sie sich nun bei der Alten, die zum Abschied noch einmal betont: "Muss retten, weißt, muss retten doch, das Kleine."

Marta, der es offensichtlich gut ergangen war, war nun Mittelpunkt der Kinderschar. Alle hatten sie vermisst, alle hatten sich gesorgt und alle waren so froh, dass Schwesterchen wieder da war. Auf der Suche nach ihrem Leiterwagen fanden sie einen anderen, neueren. Der war viel besser, hatte Räder mit Gummibereifung und zusätzlich zur Deichsel einen gepolsterten Zugriemen. Sie fanden auch noch zwei gute Wolldecken und eine wasserdichte Plane. So wie zuvor auch Luise hatten viele, um auf dem Schiff einen Platz zu bekommen, einen Teil ihrer Habe zurück gelassen.

Als sie in die Stadt kamen, gab es dort ein Zelt des Roten Kreuzes. Sie bekamen eine warme Suppe.

Enttäuschung auf vielen Gesichtern der Menschen rundum. Fast alle hatten gehofft, einen Platz auf der Gustloff zu bekommen, vergeblich. Für Luise war nur wichtig, sie hatte ihre Kinderschar wieder vollzählig beisammen.

Auch von Gdingen aus in Richtung Westen gab es wieder bis zum Horizont hin diese deutliche dunkle Linie. Die bildeten aus der Entfernung betrachtet die unzähligen Menschen, die in Angst um ihr Leben ihrer Heimat den Rücken kehrten. Die alte Handelsstraße zwischen Stettin und Danzig bot das schnellste Vorwärtskommen. Es war bitter kalt. Die Kinder spürten, dass es Sinn machte, sich durch Laufen warm zu halten.

Auf dieser Strecke gab es zum Glück nun weniger Fliegerangriffe. Die Kinder waren es gewohnt, schon beim ersten Motorengeräusch, wenn sich ein Flugzeug näherte, in Deckung zu gehen. Auch ohne die Zwischenfälle war es ein langer, ein sehr schwerer Weg. Alle waren geschwächt, die Kleinsten erkrankten an der Amöbenruhr. Die kleine Ingrid mussten sie beerdigen, sie hat die Krankheit nicht überlebt. Luise schleppte sich weiter, die Kinder mit. Zeit zur Trauer gab es nicht.

Schon unterwegs war das Gerücht von Mund zu Mund gegangen: "Die Gustloff ist mit Mann und Maus gesunken." In Stettin, das sie nach vielen entbehrungsreichen Tagen erreichten, wurde es dann bestätigt. Das Schiff war von russischen Torpedos getroffen und versenkt worden. Von annähernd zehntausend Menschen an Bord haben nur wenige überlebt.

In Luises Ohren klingen die Worte der Alten nach: "Muss doch retten, muss retten das Kleine."

KUSS MIT FOLGEN

Ein Kuss mit Folgen

Am späten Nachmittag erst war Stephan in der kleinen hessischen Kleinstadt angekommen. Mit ihm stiegen auch die drei Personen aus, die mit ihm in dem Großraumwagen gesessen hatten, ein älterer Mann, eine junge Frau und ein Mädchen. Aus Langeweile hatte er sich während der Fahrt mit ihnen beschäftigt. Das Kind mochte etwa zehn Jahre alt sein, die Frau war höchstens fünfundzwanzig, der Mann bestimmt weit über sechzig und doch schien es sich um eine Kleinfamilie zu handeln. Die Frau war hübsch, nein nicht nur das, es war eine sehr attraktive, es war eine schöne Frau und auch das Mädchen besaß schon diese spezielle weibliche Ausstrahlung, die auf Männer unwiderstehlich wirkt. In Stephan regte sich so etwas wie Neid. Er selbst war inzwischen fünfzig. In etwas höherem Alter noch hatte dieser Mann eine Fünfzehnjährige geschwängert und wurde jetzt in fortgeschrittenem Alter von zwei äußerst reizvollen weiblichen Wesen sehr zärtlich bedacht. Allerdings verhielt auch er sich allem Anscheine nach recht fürsorglich und liebevoll. Immer noch mit diesen Gedanken beschäftigt verließ er hinter ihnen das Bahnhofsgebäude und zu dem Neid gesellte sich weiter Unmut, denn die drei stiegen in das Taxi ein. Stephan vermutete, dass es das Taxi war, das einzige am Ort. Er war zwar zum letzten Mal vor mehr als zwanzig Jahren hier gewesen, hatte aber schon vom Zug aus erkannt, dass sich so gut wie nichts geändert hatte.
Er hatte nicht sehr viel Gepäck und das trug er verstaut in einem Rucksack. Bis zum Haus seiner Cousine waren es nicht mehr als zwei Kilometer.

Zwanzig Minuten zu Fuß waren genau das, was seine von der langen Zugfahrt steifen Glieder brauchten, um wieder in Gang zu kommen. Es war trocken, nicht zu warm und nicht zu kalt, also gab es keinen Grund auf die Wiederkehr des Taxis zu warten.

Nach hundert Metern auf der Bahnhofstraße bog er links ab und musste lächeln, als er den Namen Pappelallee auf dem verwitterten Straßenschild las. Schon als Kind hatte er sich über diesen Namen geärgert, denn schon damals hatte es hier keine Bäume mehr gegeben, keine Pappeln, aber auch nicht einen einzigen anderen Baum. So hätte doch lange schon die Straße nach einem Wohltäter der Stadt oder besser noch nach einer Person des Widerstands benannt werden können. Aber Veränderung waren nicht das, was man hier schätzte. Auch das gehörte doch zu den Gründen, warum er seine Heimatstadt verlassen hatte, erinnerte sich Stephan.

Er war etwa zehn Minuten lang gegangen, da sah er in einem der Vorgärten das junge Mädchen aus der Bahn mit einem Hund spielen. Die Kleine hatte ihn wohl auch erkannt. Sie lächelte ihm zu und er grüßte mit einem Handzeichen.

"Hallo Stephan", wurde er da plötzlich von hinten angesprochen. Er zuckte zusammen, denn er hatte zuvor niemanden bemerkt. "Reinhard Redder", stellte sich ein großer hagerer Mann vor, "Du wirst Dich hoffentlich an mich erinnern können." Tatsächlich konnte er sich an einen Jungen mit diesem Namen erinnern. Mit dem hatte er sich einmal seiner Cousine wegen ziemlich heftig geprügelt. Fast drei Wochen lang war er damals mit einem blauen Auge herum gelaufen.

Jetzt noch meinte er das Krachen zu hören, das der Bruch seines Nasenbeins verursacht hatte. "Na, na, Du brauchst nicht gleich in Verteidigungshaltung zu gehen. Ich denke die Sache von damals ist verjährt". "Hallo Reinhard. Ich glaube auch, dass das ausgestanden ist. Zudem siehst Du so gut aus, dass ich es mir zweimal überlegen würde, unsern Kampf wieder aufzunehmen. Wie geht es Dir. Du scheinst ja immer noch hier zu leben." "Ja, im Gegensatz zu Dir bin ich der Heimat treu geblieben. Ich habe mich halt an den Spruch gehalten, wie hieß der noch: Bleibe am Land und iss nichts falsches?! Nein im Ernst, ein paar Jahren war ich in Frankfurt, bin dann aber hierher zurück gekommen und habe es nicht bereut. Aber was ist mit Dir. Du warst lange nicht hier, wenn ich mich nicht irre. Sag mal, kennst Du diese Leute dort? Die sind erst seit Kurzem hier, scheinen Geld zu haben, haben das Haus gekauft und bar bezahlt, so weit ich gehört habe und eine hübsche junge Frau hat der alte Sack. Die Kleine ist auch sehr niedlich." Scheint sich nicht sehr verändert zu haben, das Schlitzohr, ging es Stephan durch den Kopf. Laut sagte er: "Wir haben in der Bahn neben einander gesessen, aber weiter kenne ich sie nicht". Redder gab sich damit zufrieden. Doch es machte den Anschein, als hätte er gerne mehr erfahren. Zum Abschied nahm er Stephan noch das Versprechen ab, sich mit ihm an einem der nächsten Tagen beim Ochsenwirt zu treffen. Überschwänglich freundlich betonte er noch mehrfach, wie sehr er sich über das Wiedersehen freue. Er umarmte Stephan zum Abschied sogar und küsste ihn auf die rechte Wange, was Stephan äußerst befremdlich fand.

Trotzdem ging er nicht weiter darauf ein. Er war froh, diese aufdringliche Jugendbekanntschaft endlich los zu werden.

Cousine Hildegard schien ob seines Erscheinens ehrlich erfreut zu sein. Auch sie umarmte ihn. Was er aber nicht als befremdlich empfand. Auch er war erfreut und genoss es durchaus, sie zu drücken. Hille war immer noch eine ansehnliche Erscheinung, eine schmucke, dralle Blondine, an der noch einiges an die seute Deern erinnerte, mit der er die Kunst des Zungenkusses eingeübt hatte. Dreizehn war sie damals gewesen, er nicht viel älter. Inzwischen hatte sie einen erwachsenen Sohn und mit ihrem Herbert sogar schon die silberne Hochzeit gefeiert.

"Herbert wird sicherlich gleich kommen", war dann auch die klare Ansage, dass hier alles in den geordneten Bahnen verlief. Sie zeigte ihm das Gästezimmer, über das sie in ihrem Reihenhaus verfügten, seit Sven in Köln wohnte. Stephan legte seine Sachen ab, benutzte kurz das Badezimmer und begab sich dann wieder nach unten, um Hille weiterhin Gesellschaft zu leisten. Bei einer Tasse Kaffee tauschten die beiden nun erst einmal Komplimente darüber aus, wie gut sie sich doch über die Jahre hin gehalten hatten.

Hille muss das spürbar unterstreichen und mit Streicheln tut sie das. Plötzlich stutzt sie: "Sag mal, was hast Du in der Bahn für eine intensive Bekanntschaft gemacht. Du bist ja wohl immer noch ein unverbesserlicher Casavova. Der Knutschfleck stammt mit Sicherheit nicht von einer flüchtigen Begegnung." "Was hab ich da? Vielleicht hat mich eine Bremse gestochen?"

"Nein, das ist ein Knutschfleck. Das ist eindeutig, mein Lieber! Da machst Du mir nichts vor."

Hille holte einen Handspiegel, so konnte Stephan sich selbst von diesem Stigma überzeugen. Tatsächlich zeichnete sich rechts an seinem Hals eine vier Zentimeter lange ovale Stelle ab, eine deutliche Hautunterblutung, wie sie gewöhnlich in sexueller Ekstase durch einen leichten Biss oder Sugillation hervorgerufen wird. Stephan war völlig irritiert. Biggi war seit zwei Wochen auf Ibiza und er hatte in dieser Zeit mit keiner und niemandem Zärtlichkeiten ausgetauscht.

Inzwischen war Herbert eingetroffen, den Stephan nur halbherzig begrüßen konnte, weil er mental viel zu sehr mit diesem Knutschfleck beschäftigt war. Schließlich fiel ihm die Begegnung mit Reinhard und dessen seltsames Verhalten ein und er berichtete das. Was nun allerdings sowohl bei Hille, als auch bei Herbert ungläubiges Erstaunen auslöste.

Herbert fand die Sprache als erster wieder: "Du sagst, Du hast mit Reinhard Redder gesprochen? Und Du bist Dir da ganz sicher?" "Ja, er hat mich in der Pappelallee angesprochen und ich habe ihn gleich erkannt. Auf seinen Namen wäre ich wahrscheinlich nicht so schnell gekommen, aber den hat er selbst genannt. Ungewöhnlich fand ich seine übertriebene Freundlichkeit in Anbetracht dessen, dass wir nie Sympathie für einander empfunden haben. Völlig übertrieben und auch unangebracht fand ich dann allerdings seine Umarmung zum Abschied und erst recht diesen Verbrüderungskuss. Dass der dann auch noch eine derartige Spur hinterlässt, ist allerdings mehr als merkwürdig." Hille stand immer noch sprachlos dabei und hielt sich die Hand vor den Mund, als Herbert sagte: "Merkwürdig ist ein viel zu schwacher Ausdruck. Reinhard Redder ist tot. Er ist vor fünf Jahren in Frankfurt in der Justizvollzugsanstalt gestorben. Das stand groß in der Lokalzeitung. Es war eine Meldung, die hier am Ort mit großem Interesse und mit Erleichterung aufgenommen wurde. Obwohl nicht wenige dagegen waren, hat er inzwischen sogar hier auf unserem Friedhof eine Grabstätte."

Nun war es Stephan, der dringend eine Sitzgelegenheit brauchte. Hille übernahm es, die ganze Geschichte zu erzählen. Allerdings füllte sie zuerst die Tassen mit neuem Kaffee. Ich gebe hier verkürzt wieder, was Hille recht ausführlich und mit vielen Randbemerkungen versehen zu berichten wusste:

Reinhard Redder war schon recht früh mehrfach wegen sexueller Belästigung und auch wegen versuchter Vergewaltigung ins Gerede gekommen, doch zu einer Anklage war es nie gekommen, weil keine der betroffenen Frauen ihn rechtsgültig angezeigt hatte. Vor zwölf Jahren dann war ihm jedoch die Vergewaltigung und Tötung eines zwölfjährigen Mädchens nachgewiesen worden. Zu fünfzehn Jahren Freiheitsentzug war er verurteilt worden. Vor fünf Jahren allerdings war er in einer Haftanstalt in Frankfurt verstorben. Das war hier mit Erleichterung zur Kenntnis genommen worden und nur gegen erheblichen Widerstand von Stadtrat und Teilen der Bewohner hatte seine Mutter den Leichnam überführen und auf dem hiesigen Friedhof beerdigen lassen können.

Nur mit Mühe hatte Stephan Hilles umfangreiche Vorsorgemaßnahmen von sich fern halten können.

165

Sie hatte ihn rundum mit Knoblauch ausstatten wollen, um ihn vor weiteren Vampirangriffen zu schützen. Sich und seine Kleidung hatte er davor bewahren können. Aber Knoblauch in Blumentöpfen in seinem Zimmer und überall im Haus zu platzieren, das hatte sie sich nicht nehmen lassen. Vampire vielleicht, schlechte Träume hatte das nicht von ihm fern halten können. Unter solchen hatte Stephan eine Zeit lang zu leiden. Auch darüber hinaus war für Stephan diese Geschichte nicht so einfach ausgestanden. Er fühlte sich zutiefst verunsichert. Der Rahmen seines atheistischen Weltbildes hatte einige Risse bekommen und war noch nicht renoviert.

Unangenehm war zudem ein Erlebnis, das er auf dem Wochenmarkt hatte. Den hatte er samstags gemeinsam mit Hille besucht. Dort nun begegnete ihnen die Familie, die er von der Bahnreise kannte. Als das Mädchen ihn erblickte, schrie sie angstvoll auf und war kaum zu beruhigen. Während die Mutter die Tochter zu beruhigen suchte, kam der Vater auf Stephan zu. Es gelang ihm offensichtlich nur mit Mühe, seine Wut zu beherrschen. Entsprechend schwer fiel es ihm, seine Sätze ruhig vor zu bringen. Aus seinem Bericht ging hervor, dass seine Tochter von dem Zeitpunkt an, da sie ihn auf der Straße gesehen und er sie gegrüßt hatte, unter schrecklichen Angstzuständen litt. Sie machte eindeutig ihn und seinen Gruß dafür verantwortlich. Das Mädchen hatte nur ihn und keinen zweiten Mann gesehen. Eine psychotherapeutische Behandlung hatte zwar zu einer Besserung geführt, von einer Heilung konnte aber noch lange nicht die Rede sein. Ohne die Sache im einzelnen darzustellen, machte Stephan dem

Vater mit Hilles Unterstützung klar, dass auch er seit diesem Tag mit einem psychischen Trauma belastet war. Er bot an, mit dem Psychotherapeuten zu sprechen und seinerseits alles zu tun, was zum Erfolg der Behandlungbeitragen könne. Die Gesundung des Mädchens lag ihm auch wirklich sehr am Herzen. Zum Glück konnte er sich noch weitere sechs Wochen frei machen und so weit über die geplante Zeit hinaus am Ort bleiben.

Dem Psychotherapeut offenbarte Stephan die Geschichte bis ins Einzelne. Wie zu erwarten war, zeigte sich dieser zwar in hohem Maße erstaunt, er war aber offen genug, die Sache als gegeben zu akzeptieren. Mit diesem Hintergrundwissen konnte er nicht nur die Behandlung des Mädchens erfolgreich beenden, er konnte auch Stephan weitgehend von seinen Schlafstörungen befreien. Das Verhältnis zwischen Stephan und der jungen Dame wurde mehr als normalisiert. Zum Abschied schlang sie ihre Arme um ihn und küsste ihn, als er sie hoch hob. Da auch die Mutter ihn bei dieser Gelegenheit umarmte und sich sehr herzlich bedankte, tauchten nun in seinen Träumen mehrfach die Bilder dieser beiden reizenden Wesen auf, was er keineswegs als Störung seines Schlafes empfand.

Gedanken zu Leben und Tod

Wer über Tod nachdenkt, beschäftigt sich, wie könnt es anders sein, unwillkürlich immer auch mit dem Gedanken an den eigenen. Dabei geht es meist um die Frage, was bleibt.

Bleibt was oder nicht?

Scheint es uns doch unvorstellbar, dass dieses Etwas, was da in mir als die Vorstellung ICH existiert, dass diese imaginäre Institution, die, selbst unfassbar, das, was an mir begreifbar, erdhaft, irdisch ist, beherrscht, die meinen Körper erfasst, beschreibt und nutzt, dass dieses ICH, das nicht irdisch zu sein scheint, so wie alles Irdische und mit ihm vergehen und verschwinden soll.

Das ICH, das auf den ersten Blick die Gesamtheit einer menschlichen Existenz zu umfassen scheint, stellt sich bei näherer Betrachtung als etwas anderes heraus. Zunächst als ein Teil des Ganzen. Die Gesamtheit, das wären Körper und Geist, Denken und Fühlen. In unserer Wahrnehmung nehmen wir jedoch eine Trennung vor, wir sagen: "Ich spüre meinen Körper; ich habe Schmerzen..." und nicht "Ich spüre mich; Ich bin Schmerz..." Vom irdischen, begreifbaren Körper getrennt, über oder neben ihm bestehend wird das ICH empfunden, als nicht greifbar, als etwas, was außerhalb der fassbaren, der materiellen Existenz besteht. Dem üblichen menschlichen Denken in dualen Mustern entsprechend wird darum gefolgert: Wenn es aber nicht irdisches (begreifbares) Sein ist, dann muss es nach menschlicher Logik, *einer*, beziehungs- weise für Gläubige*, der* anderen Seins-Sphäre angehören, da es doch existent, nur nicht greifbar ist. Die ist dem (irdisch) Lebenden unzugängig und es herrscht in ihr und für sie eine andere (höhere) Ordnung. Das Ich, dem seine eigene Endlichkeit unvorstellbar erscheint, begreift sich als dieser höheren Ordnung zugehörig. Dabei verunsichert allerdings die Eventualität, die Ungewissheit macht Angst. Menschlichem Bedürfnis entsprechend wird das Nichtbegreifbare mit einer überirdischen Macht personifiziert, um einen Verursacher zu haben, einen Ansprechpartner, den man wenigstens bitten, anflehen kann. So bekommt auch der Tod seine Gestalt.

Betrachten wir dagegen das ICH als ein Konstrukt unseres Denkens, als ein mit der Tätigkeit unseres Gehirns entstandenes und sich während unseres Seins permanent entwickelndes Substrat, das wir ob seiner Komplexität und unserer Unfähigkeit bis jetzt nur bedingt begreifen, dann gehört es sehr wohl in unsere irdische Sphäre. Dann ist es Teil des Irdischen, genau wie all die Kräfte, die lange unfassbar waren und erst in den letzten (hundert) Jahren von Wissenschaftlern identifiziert, uns erklärt und damit Teil unserer materiellen Welt wurden, wie Atome und Moleküle, wie elektro-magnetische Wellen, wie die chemischen und physikalischen Vorgänge in unserem Körperinnern und ähnliches mehr. Als Wesen, das weiß, dass menschliches Wissen noch sehr begrenzt, aber erweiterungsfähig ist, darf ich hoffen, dass ich oder doch ein Mensch nach mir, irgendwann mehr weiß. Gerade hören wir, dass eine erste Darstellung der lange nur vermuteten Gravitationskraft gelungen ist. Kommt da nicht Hoffnung auf?

Über die Gehirntätigkeit ist inzwischen schon einiges bekannt. Dass jede unserer Wahr-nehmungen von einer Unzahl chemischer und elektrochemischer Prozesse in den Zellstrukturen unseres Organismussses erfasst und verarbeitet wird, ist uns inzwischen bekannt. Bekannt sind diese komplexen Zellvorgänge bislang nur zu einem geringen Teil. Wie sieht es mit deren Wirkung auf die nahe Umgebung aus?

Gibt es eventuell Übertragungen dieser Vorgänge auf Strukturen außerhalb des Organismus? So gut wie nichts ist im Hinblick auf solche Interaktionen bekannt. Forschung in diese Richtung wie beispielsweise im Bereich der Parapsychologie waren bislang nicht sehr erfolgreich. Derartige Untersuchungen wurden im vorigen Jahrhundert durchgeführt, allerdings nur so lange, wie man sich davon militärische Verwendungsmöglichkeiten versprach.

Dass die ihn umgebende Substanz von einem Organismus beeinflusst werden kann, ist durchaus nachweisbar. Wenn wir als Denkmodell einmal akzeptieren, dass diese Wirkung durch bislang unbekannte Einflüsse so verstärkt werden kann, dass auf nicht bekannte Weise konservierte Informationen bildhafte Formen annehmen können, dann können wir viele der uns jetzt unglaublich erscheinenden Phänomene in neuem Licht betrachten.

Den Tod eines Organismusses stellen wir fest, wenn auf jegliche Form von Reizen keine Reaktion mehr erfolgt, alles Leben erloschen ist. So betrachtet ist der Tod nichts anderes als Nicht-Leben. Leben und Nicht-Leben, Sein und Nichtsein sind die beiden existenten Zustandsformen. Werden und Vergehen sind Yin und Yang des Universums. Sie umfassen, ja sie sind das All.

Das Wissen um den eigenen Tod ist, so weit bislang bekannt, nur dem Menschen eigen. Wer das Unausweichliche einmal erfasst hat, den begleitet dieses Wissen lebenslang wie ein leichtes Gespinst, das ihn kaum berührt und doch stetig umhüllt. Zum Ende hin wird es enger.

Epikurs Erkenntnis hat mir dieses Wissen zu tragen leicht gemacht: "Wo ich bin, ist der Tod nicht und ich bin nicht, wo der Tod ist".

Hier im Anhang

finden Sie Hinweise

auf

weitere Veröffentlichungen

des Autors

ODYSSEE 45

Ein 999er kehrt heim

erschienen   2021

Paperback
ISBN 9783753459585
200 Seiten   EUR 10,90

als EBook   EUR   6,99
ISBN 9783753415208

Bei den Erlebnissen des Heini Granhuber handelt es sich um unfreiwillig erfahrene Abenteuer, die ihm in einer Zeit, die mit Sicherheit mehr als reich an Abenteuern war, von einer verbrecherischen Obrigkeit aufgezwungen wurden.

Ein Abenteuer ist laut Definition eine risikoreiche Unternehmung außerhalb des geschützten Alltagsbereichs. So betrachtet beginnt Heinis Abenteuer damit, dass er seine militärische Einheit, in die er aus dem Konzentrationslager heraus gezwungen wurde, verlässt. Er desertiert als alles dem Ende zu geht. Sollte seine Flucht misslingen, wird er standrechtlich erschossen oder erhängt. Er überlebt und findet den Weg nachhause.

Die Handlung der Erzählung entspricht in groben Zügen dem, was sich tatsächlich begeben hat. Die geschichtlichen Ereignisse sind chronologisch einbezogen.

Die Bücher erhalten Sie **im Buchhandel** und bei **BoD Buchshop**   *www.bod.de/buchshop*

Genossenschaften
Bausteine einer fairen
Zukunft
erschienen   2020

Paperback
ISBN 978 3 75049 983 6
184 Seiten   EUR 9,90

als EBook   EUR 6,49
ISBN 978 3 75267 611 2

Bei der Suche nach einer Antwort auf die Frage,
In was für einer Gesellschaft lebe ich?
tauchten immer neue auf: Wie ist sie geworden, wie sie
ist? Was sind die aktuellen gesell-schaftlichen
Probleme? Wer gewinnt und wer zahlt die Zeche im
besteherden System? Warum gibt es die enorme
soziale Ungleichheit? Warum schlittern wir in eine
Klimakatastrophe? Gibt es Lösungen für die Probleme?
Die Genossenschaftsidee birgt eine Menge Möglichkeiten, durch anderes Wirtschaften bestehende
Probleme zu lösen oder doch zu mildern. Genossenschaften wirtschaften bedarfsgerecht und damit
nachhaltig, sind gemeinwohlorientiert und beruhen auf
solidarischem Handeln und folgen damit demokra-
tischen Grundsätzen.
Die UNO-Vollversammlung hat schon 2009 verkündet:

Genossenschaften schaffen eine bessere Welt !

Die Bücher erhalten Sie **im Buchhandel** und
bei **BoD Buchshop**   ***www.bod.de/buchshop***

L i C H T B L i C K E

erschienen   2018

Paperback
ISBN 978 3 74812 069 8
172 Seiten   EUR 7.99

als EBook   EUR 4,99
ISBN 978 3 74810 410 0

Lichtblicke werden dem Helden der Erzählung zuteil. Er befindet sich im Kampf gegen die Widrigkeiten seines neuen Lebens, das ihm aufgezwungen erscheint.

Nachdem es ihm wieder möglich ist, sich mit zu teilen, findet er in Garcia Marquez Worten "Leben, um davon zu erzählen." findet erneut einen Grund zu leben. All seine Kraft wendet er auf, um diesen Gedanken in die Tat umzusetzen.

Wolf Schillinger läßt den Leser teilhaben am Leben eines Menschen, der sich, nach einem Schlaganfall, fast völlig verloren hat. Der zu sich zurück findet, weil er wieder über Worte verfügt. Dass er seine Gedanken festhalten, mitteilen kann, befähigt ihn zu ertragen - das aufgezwungene Dasein und seine absolute Abhängigkeit.

Die Bücher erhalten Sie **im Buchhandel** und bei **BoD Buchshop**   ***www.bod.de/buchshop***

Die Welt ist immer wieder von neuem interessant und aufregend, wenn du dich für alles interessierst. Das ist gut. Du wirst Vieles, aber wohl nie eine Sache bis zur Perfektion betreiben. Das ist nicht so gut. Du wirst dich abfinden damit, zufrieden wirst Du nicht.

Hätt ich was erreicht
dann wäre es leicht
ihm einen sinn zu geben
so muss ich immer noch für mein leben
nach dem, was sinn macht, suchen und streben
kann nicht so tun
als wär´s opportun
einfach zu ruh´n